MINERVA 歴史・文化ライブラリー 10

清張　闘う作家

「文学」を超えて

藤井淑禎 著

ミネルヴァ書房

清張　闘う作家／目次

——「文学」を超えて——

清張一口メモ

Ⅰ　本流としての清張文学

1章　ミステリーの自覚
――菊池・芥川の地層と清張――

1

いったい、清張はどうしてミステリーを書くようになどなったのだろうか。ここではこんな他愛もないことから考えることを始めてみたい。

同じ作家を志すにしても、時代小説もあれば、自伝的な私小説もあり、さらにはモデル小説に同時代の風俗を描く通俗小説と、いろいろありえたわけで、事実、出発期にはさまざまな試みがあったにもかかわらず、次第にミステリー作家という方向に収束していったのは、どのような要因に左右されてのことだったのだろうか。しかもそれは自他ともに認めるようなかっこうで、そうした方向に進んでいったようでもあるのである。たぶんこの問題は、有名な清張における直木賞・芥川賞問題（「西郷札」が直木賞候補。「或る『小倉日記』伝」は直木賞候補から一転して芥川賞受賞＝昭28・1）とも、どこかでリンクしてくるにちがいない。

後年の発言だが、清張自身はこのあたりのことについて、三好行雄との対談で「わたし、最初っから推理小説を書くつもりなかったんですよ」と明言してもいる（対談「社会派推理小説への道程」『国文学　解釈と鑑賞』昭53・6）。「西郷札」（昭26）、「記憶」（昭27、のち「火の記憶」と改題）、「或る『小倉日記』伝」（昭27）と書き継いできて、その「或る『小倉日記』伝」が芥川賞を受賞してからは『別冊文藝春秋』などを中心に書きたいものを書かせてもらっており、それが、世間では認められない偏執狂タイプの研究者などを主人公とした「風雪断碑」（昭29、のち「断碑」と改題）や「石の骨」（昭30）といった作品群であったというのである（同対談）。

要するにここまでは必ずしもミステリー色は濃くなかったわけで、のちのミステリー作家という不動の評価とのあいだには大きな落差がある。もちろん、その間には、『点と線』（昭32～33）の大成功とか、ジャーナリズムの世界の動向とかの外在的な要因も大きく作用していたにはちがいない。ここでは、それらのもろもろの要因をもすべて認めた上で、もう一つの可能性について考えてみたい。清張がなるべくしてミステリー作家になった必然的な理由について。

2

そのことについて考える前に、いったい、どのような条件が整えばミステリーは可能となるのかについて考えてみよう。さらにはその前に、そもそもミステリーとは何かが問題にならなくもないが、ここで言う「ミステリー」とは、主には、中島河太郎が江戸川乱歩による定義を踏まえて「主として犯罪に関する難解な秘密が、論理的に、徐々に解かれて行く経緯の面白さを主眼とする文学」（中島「推理小説の歴史」、江戸川乱歩・松本清張共編『推理小説作法』昭34）と定義し直した、ごく普通のものを指すとしておこう。中島はそれに加えて、「まず犯罪者の犯行計画またはその行動を描き、次いで周到な計画が、探偵の推理によって徐々に覆されて行く」「倒叙」形式のものや、「犯罪者の心理を追求し、サスペンスを盛る」タイプのものも「広義の推理小説」に含めてよいとしているが、ここでもその説に従っておくこととする。

そこで前に戻って、そうしたミステリーが可能となるためにはどのような条件が揃うことが必要かだが、「難解な秘密が、論理的に、徐々に解かれて行く」ためには何らかの構成上の工夫なり技巧なりが不可欠であろうことは、素朴に考えてみても容易にわかることだ。だとすれば、一つの仮説として、小説における構成意識の出現に引き続いてミステリーは可能となった＝成立した、ということが言えるのではないだろうか。

その意味で、ミステリーの祖と広く見なされているポーに「構成の原理」（The Philosophy of Composition, 1846）なる先駆的な考察があることはゆえなきことではない。ポーはそこで、プロットや「効果」、つまりは構成の重要性に言及して、こう言っている。

結末を絶えず念頭に置いて初めて、個々の挿話や殊に全体の調子を意図の展開に役立たせることにより、プロットに不可欠の一貫性、すなわち因果律を与えることができるのである。（中

略）

（ストーリーを安易に組み立てる以前に―藤井）ぼくなら手始めに効果を考える。（中略）（無数の効果や印象の中から―藤井）第一に斬新な、第二に生き生きとした効果を選びとったら、それがうまく生かされるのは事件によってか、調子でか、つまり平凡な事件と異常な調子を用いてか、その逆か、それとも事件も調子もともに異常にすることによってかを考え、それから、その効果の案出に最も有利な事件や調子の配合を、ぼくの周囲に（或いはむしろぼくの内部に）探し求めるのである。（篠田一士訳）

矢本貞幹によれば、ポーはディケンズのある小説を論じた文章の中でも、その小説は「殺人事件が起こってからその犯人がわかるまで、背景や出来事は紆余曲折を経て読者をわくわくさせながら終局に達する。作者は作品が読者に与える効果をあらかじめ計量して作品を構成したに相違ない。すなわち作品のはじめからミステリーの要素を加え、それが強くなるにつれてこれを隠す技法を考え、それを終局まで秘密にしておくようなプロットを案出したのだ」という趣旨のことを述べているそうだが（矢本『文学技術論』昭49）、矢本はポーのそうした構成重視の姿勢の実践を、何よりも「黒猫」や「アッシャー家の崩壊」といったポーの実作のなかに見出している。

ここではポーの作品のなかでもミステリーの元祖とされる「モルグ街の殺人」（一八四六）を例として、ミステリーと構成との必然的な結びつきについて確かめておくことにしよう。「モルグ街の殺人」は、しばしばミステリーの指標の一つとされる「トリック」（密室トリックとか特異な声の持ち主は誰かとか）と「怪奇性」（首が落ちていたりとか被害者が握りしめていた毛とか）にも事欠かないが、何よりも構成上の工夫が随所に見られる小説なのである。

それを明らかにするためにも、ポーが「構成の原理」であげていた〈工夫の見られない作品〉の書かれ方の例のほうを先に見ておくと、退屈に組み立てられたストーリーは「歴史に題材を仰ぐか、同時代の事件に触発されるか、或いはせいぜい、作者がめぼしい事件を組み合わせて物語の大綱だけを作り、頁を追って見え透いてくる事件や行為の間隙を、たいていは描写や対話や自注で埋めようとしている」に過ぎないと言う。これに対して「モルグ街の殺人」のほうはどうであっただろうか。

周知のようにこの小説は「ぼく」の一人称体によって進行させられているが、モルグ街の怪奇な殺人事件の謎を解くのは、「ぼく」の同居人で探偵役のデュパンのほうであり、むしろ「ぼく」は読者代表として、その謎解きを聞かされるがわに居る。要するに二人主人公という構成だが、加えて事件の発生から経過説明までの部分では、もっぱら新聞報道や関係者の証言が活用され、後半の謎解き部分は、デュパンの直接話法による謎の解明と、フランス人船員（彼のオランウータンが乱暴を働いて、被害者母娘を死に至らしめた）の間接話法による告白とが主となっている。

記事文、関係者の証言、デュパンによる解明、船員による告白と、さらにはそれらを読み／聞かされる「ぼく」の想像と、いくつもの方向から光があてられることによって次第に真実があぶり出されていくような構造になっていることがわかる。デュパンと船員の話はそうでもないが、他の角度からの見方はいずれも一面的（断片的な事実にはちがいないが）であることを免れておらず、全貌が見えないためにそれが謎を深め、結果としてミステリー性を盛り上げるのに貢献している。またデュパンに関しては、彼の推理力・分析力を証明するエピソードが冒頭に置かれており、それが構成の上では「伏線」となって、後半のデュパンの卓抜な謎の解明を請け合うかっこうにもなっている。

全知の話者による芸も何もない「普通に行なわれているストーリーの組み立て方」（「構成の原理」）から「モルグ街の殺人」がいかに隔たっており、またその距たりこそがミステリーならではの面白さの源泉でもあることが、こんな簡単な紹介からでもわかると思うが、小説界全体を見渡すと実はポーによるこうした構成の工夫はむしろ時代に先駆けた孤立した試みであり、この種の構成意識が一般化してくるのは、これより五十年以上も経ってから（二〇世紀に入ってから）のことだったのである。

3

ここでもう一度ミステリーが可能になる条件を整理してみると、「モルグ街の殺人」に見られたような関係者一人一人に即した一面的な見方＝死角の存在、はきわめて重要な要素と言えるだろう。何でもお見通しの全知の話者が語って行ったのでは、おどろおどろしい話（怪奇話）は書けても、「難解な秘密が、論理的に、徐々に解かれて行く経緯の面白さ」（中島河太郎）は表現できないからだ。かりにその全知の話者が真相を小出しにするようなかたちで語って行ったとしたら、今度は謎こそ確保できたとしても、読者のほうが興醒めしてしまうだろう。要するに全知の視点一辺倒を乗りこえた、視点意識なり視点操作なりがミステリーの成立にはどうしても不可欠なのである。

そしてもう一つの重要な要素が、時間操作だ。これも死角なり謎なりを生む絶好の条件と言ってよい。中島が挙げていた「倒叙」形式がその代表的なものだが、視点の場合の「死角」が作中人物と読者双方にとってのそれを指していたのに対して、時間操作が生む「死角」のほうは、もっぱら読者にとってのそれだ。結果を先に示し、そこに至るまでの謎を含んだ経過を、回想なり追憶なりの倒叙体でたどっていく。それにつれて、読者の死角＝謎が次第に明らかにされていくというわけだ。

中島は前掲の論で、倒叙体の嚆矢は一九一二（大1）年のオースチン・フリーマンの「歌う白骨」だと述べているが、おそらくそれは氷山の一角に過ぎず、本当の嚆矢がどこまで遡れるかは正確にはわからない。ただ、拙著の『小説の考古学へ―心理学・映画から見た小説技法史―』（平13）のなかで明らかにしたように、過去や記憶の想起に関する心理学サイドからの最新の研究成果に後押しされた追憶体や回想体の流行が明治四十年前後からなのだから、それほど大幅に遡れるとは考えにくい。それに、少なくとも嚆矢の可能性の下限が大正一年であることだけはまちがいないわけで、とすれば、これはこれでミステリーの成立期を想定する上で重要なヒントとなる。

これに対して視点意識の高まりのほうは、どのあたりの時期を想定すればよいだろうか。長島要一の「『一元描写論』と『間隔論』―泡鳴と漱石の視点論について―」（『国文学　解釈と鑑賞』昭59・10）はそのへんに言及した労作だが、そこで長島は、欧米の視点研究は一九〇五（明38）年にまで遡ることができるとの説を紹介しているが、廣野由美子によればヴァーナン・リーという女流批評家がすでに一八九四年の時点で視点について考察しているという（廣野『十九世紀イギリス小説の技法』平8）。また、長島が指摘した一九〇五年の三年後には日本の文学者たちにも大きな影響を与えたクレイトン・ハミルトンの『小説の材料と方法』（*Material and Methods of Fiction*, 1908.『文芸百科全書』〈明42〉所収の中村星湖の「小説論」がこれを下敷きにしている）が刊行されて、"The Point of View in Narrative"（星湖文では「小説の観察点」）の体系化を試みることになる。もちろん、全知だとか一人称体だとかの視点自体の実践ははるか以前からあったわけだが、そのことへの意識の高まりが、この三例をまたしても氷山の一角として、二〇世紀に入った頃から世界的規模で見られるようになったということなのである。

そして、これもやはり『小説の考古学へ』で指摘していることだが、日本における視点論を代表する田山花袋の平面描写と岩野泡鳴の一元描写の登場も、明治四十年代のことだったのである。——内部に立ち入らずに「たゞ見たまゝ聴いたまゝ触れたまゝの現象をさながらに描く」（花袋「『生』に於ける試み」『早稲田文学』明41・9）花袋の平面描写も、作者が自分と不即不離の関係にある主人公甲の気分にまずなってしまい、甲を通して「他の仲間を観察し、甲として聞かないこと、見ないこと、若しくは感じないことは、すべてその主人公には未発見の世界や孤島の如きものとして、作者は知つてゐてもこれを割愛してしまう」（泡鳴「現代将来の小説的発想を一新すべき僕の描写論—謹んで一読を乞ふ—」『新潮』大7・10。ただし泡鳴のこの種の発言と実践は明治四十年代にまで遡ることができる）泡鳴の一元描写も、ともに死角なり判断保留なり独断なりを抱え込んでしまうところに特徴があり、だとしたらそれは謎を至上のものとするミステリーにも打って付けの文体であったと言えるだろう。
　この二つはいずれも三人称体をとっているが、従来からある一人称体も死角や独断を含みうるという点で、やはりミステリー向きの文体であったことは言うまでもない。ハミルトン＝星湖の視点分類は、この一人称体を語り手が主要人物であるかどうかによってさらに細分化しているが、それを一つに数えれば、結局は全部で四つに分類しており（一人称体、全知の視点、平面描写、一元描写）、この時期の視点分類の総まとめ的なものとなっている。
　しかもそこには、「観察点の異なるに従つて、当の出来事の連続も色々に見られ、色々に判断される」が、それらを比較し、それらの底に横たわる真実を明らかにすることなどは常人にはほとんど不可能であるといった、謎の存在を必然と見るような醒めた認識も垣間見られる。そしてそれを踏まえてハミルトン＝星湖はこう言っている。

　故に絶対真理は、事実に於てもまた物語に於ても残る所なく語られ得るものではない事、多数出来事の一系は観方の異なるに従つて様々に見える事、それ故場合々々に従つていずれの観方が真理を最も明瞭に認め得るかを定める為に、物語の種々の観方を十分に研究せねばならぬ事を心得るのが一層安全であらう。（「小説論」）

存在する謎を、にもかかわらずどの視点から語れば少しでも多く明らかにし真相に近づくことができるか、ということがこれほどまでに自覚され意識化されていたということは、逆から見れば、どう語れば伏せておくことができ、さらにそれをどう語り進めば徐々に明らかにしていけるか、といったたぐいの視点操作のテクニックが自覚されていたことの証でもあるにちがいない。その意味でハミルトン＝星湖の小説論は、小説の書き方の指南書であると同時に、おのずとミステリーの書き方のそれにもなっていたのである。

4

かくしてミステリーに不可欠な視点操作と時間操作とを自家薬籠中のものとした二〇世紀の（元号に置き換えれば、明治四十年代以降の）作家たちこそは、ミステリーへのスタート・ラインに立った最初の作家たちだったことになる。そして彼ら自身が意識するとしないとにかかわらず、小説中に視点操作や時間操作を持ち込めば、その作品はおのずとミステリー的になってしまうことになる。

その典型的な例は、漱石の『心』（大3）かもしれない。周知のように、先生の遺書と先生を慕う「私」の手記という二つの視点を組み合わせた構成であり、時間構成の点でも、ごく前のほうで先生が遺書を残して亡くなったこと〈上四〉、しかもそれが自殺によるものであること〈上十二〉が明らかにされ、それ以降の部分でそこに至るまでの謎が解明されていくようなかっこうになっているからである。典型的な倒叙体ではないが、自殺という結果を先に示し、手記を書いている現在というものをほのめかしつつ、過去に遡ってそこから謎を徐々に明らかにしながら戻ってきているのだ。

他方で、「私の」手記の一面性なり限界も、読者に対してミステリー性を高めるのに大いに貢献している。「私の」見聞と想像と、その組み合わせが時に正解となり時に誤解となって、読者をじらし、真相への興味をかきたてていくのである。いっぽう先生の遺書のほうも、死角＝独断や誤解を抱え込んでしまっているという点では、一人称体の例外ではない。『漱石文学全注釈　12　心』（平12）の注釈で明らかにしたことだが、先生が思い込んでいるのとは逆に、実は先生の叔父に対する反発のほうが不当なものであったかもしれない（＝自分の娘と結婚して家を継ぐようにとの叔父の勧めのほうがむしろ理にかなっていたのかもしれない）とか、修養にうちこむKの立場を理解できずに恩着せがましいおせっかいを重ねたのではないか、と読むこともできるようになっているのである。一人称体ならではの死角が謎を生む仕掛けになっているのである。それ以前はもっぱら自分自身による体験告白の迫力ばかりが注目されてきた一人称体の、もう一つの機能への注目である。

視点操作と時間操作とを駆使したミステリー、というのが『心』のもう一つの顔であったというわけだが、これほどまでではなくとも、この前後の小説にはミステリー的要素を持ったものが少なくない。それこそ恣意的に、何をあげてもいいが、たとえば志賀直哉の「范の犯罪」（大2）。中国人の奇術師が演芸中にナイフで妻の頸動脈を切断して死に至らしめてしまい、果たしてそれが故意に基づくものか不幸な事故であるのかを尋問によって裁判長が明らかにしようとする話だが、カギ括弧で括られた一人称体による范の告白は、その独断と思い込み＝死角の存在によって、読者や裁判長ばかりでなく范本人さえもを故意なのか事故なのか「何方か全く分らな」いところへ追い込んでいく。見ようによっては、一級のミステリー作品と言ってもいいくらいだ。

ミステリーとは一見ほど遠い鷗外の『澁江抽斎』（大5）が実は重厚なミステリー作品であるのを指摘しているのは、他ならぬ清張だ（『両像・森鷗外』平6）。探索者の「わたくし」が、かつて武鑑を多く所持していた弘前の医官の澁江道純と武鑑の考証家である抽斎という号の持ち主とが同一人物ではないかと推理し、それが関係者の証言によって証明されるまでのこの作品の冒頭部分がミステリー的であることについてはすでに指摘があるが、清張はそれに加えて、抽斎の痘科の師である池田京水の素性探索部分も負けず劣らずミステリー的であると指摘する。しかも、京水探索のミステリー性は『澁江抽斎』のなかだけでは止まず、『伊澤蘭軒』（大5～6）にまで及んでいると言う。

本章での関心に引きつけて言えば、こうしたミステリー性を可能にしていたのが、「わたくし」という一人称体による探索という仕掛けであったわけであり、死角ゆえの謎の存在とそれを独断によって推理していく展開が、清張の興味を引きつけたのである。しかも、清張は、作者である鷗外には初めから京水のことが「全知全能的」にわかっていて、それを小説のなかで、「わかっていない」「わたくし」に探索させるというかたちに仮構した、というようには考えていない。作者にすでに死角＝謎があり、だからこそ分身の「わたくし」を通じてのその謎の追究が迫真のミステリー性を生むことになったと考えているのである。ミステリー性の対極にある「全知の話者」を忌避するだけでなく、作者が「全知」であることすら拒否しようとする徹底ぶりなのだ。

『伊澤蘭軒』そのものに対する清張の評価は決して高くはない。『澁江抽斎』の三倍以上の分量を費やしながらもその大半は資料に取られてしまっており、また主人公である蘭軒には抽斎ほどの話題はなく、「いわゆるテーマはあってもプロットがなかった」というのが全体的な評価なのである。そのなかにあって、『伊澤蘭軒』全三七〇回中「その二百十八」から「その二百四十一」にわたる京水探索部分は、先の否定的評語を逆利用して言うなら、「プロット」に富み、また反「全知全能的」に書かれていたということになるだろう。だとすれば、清張がそこにミステリー性を嗅ぎつけたのは当然だったのだ。

5

実在の時間通りに進行する全知の話者による平板な物語スタイルに訣別して、視点操作と時間操作とを取り込むようになった明治四十年代以降の小説の多くが期せずしてミステリー的になってしまう様子を見てきたわけだが、ふつうに小説を書いたつもりでもミステリーになってしまうという、この時代ならではの特徴をもっとも典型的なかたちで体現していたのが、菊池寛と芥川龍之介という二人の「理知的」な作家だったのである。

それこそ例は無数にあるわけだが、たとえば菊池の「無名作家の日記」（大7）に代表される一人称体ものは、語り手の独断が、死角とそこにひそむ謎の存在を読者に気づかせる仕掛けになっている。友人たちが作家として世に出ていくのを横目に見ながら「俺」が洩らすさまざまな思いは実は一面的なものであり、真実はそれとはちがうのではないかとの疑念が読者のなかにわいてくる。旧友で新進作家の山野が「俺」に投稿を慫慂しておきながら、戯曲を送ると酷評してきたのは、はたして「俺」の考えるように「罠」であったのかどうか、とか。

一人称体というと往々にして、大正後期から優勢になってくる私小説のそれを連想しがちだが、語り手の思いが絶対化されて読者に押し付けられる私小説の一人称体と、「無名作家の日記」のような、語り手の独善がその背後に謎＝ミステリーを喚起する一人称体とは、似て非なるものであることには十分に注意しなくてはならない。その意味では演説調の「ある抗議書」（大８）などは菊池の作でありながら、謎を喚起するタイプの一人称体とはなっていない。

複数視点や多元描写は菊池のもっとも得意とするところだ。語り手の「自分」が聞き手となり、もう一人の語り手が登場してきて肝腎なエピソードを語るという構成の小説は、「島原心中」（大10）を始めとして少なくない。「島原心中」は新聞小説家の語り手に、友人の元検事がかつて担当した心中未遂事件のてんまつを語るという構成だが、聞き手の反応が空白とされることによって、同じ一つの事件に対する両者の見方が結果的に交錯するようにも読めるようになっている。視点の交錯が謎をはらむ仕掛けになっているのである。

このタイプの変形が、要領の悪かった同僚記者森君の思い出を「僕」が語る前半部と、森君の日記からの引用とを掛け合わせた「特種」（大11）であり、会社の金を盗んだ旧友Ｎの思い出を「自分」が語る部分と、牢獄にいるＮから送られてきた日記体の手記とを組み合わせた「盗みをしたＮ」（大７）といった作品なのである。

引用による多元構成を発展させた、複数の立場や場面から成る作品も少なくない。「愼ましき配偶」（大11）は、〈一〉で「醜く生れ付いた」澄子が成長してもなかなか結婚相手に恵まれないまでを語り、〈二〉では一転してやはり醜く生まれた信次郎の来歴を語り、短い〈三〉では二人の結婚式をスケッチするという構成になっている。ただ、ここでも全知の話者による決定的な叙述がないために、空白となっている式場での信次郎の反応部分に謎を読み取ることも可能なのである。

愛宕神社とおぼしき場所でうらない稼業をしている易者を軸に、いくつかの場面（登場人物も入れ替わる）を組み合わせた「恋愛結婚」（大15）も、多元性をうまく生かした作品だ。最初、女が手相を見てもらいにやってきて、恋愛結婚は不可と言われる。次はその女が男とお濠端を歩く場面で、男が易者の言うことなど気にするなと説いている。次はその男が易者の所にやってきて、恋愛結婚を不可としたことに抗議し、易者から今度女を連れてくれば可と勧めるからとの言質をとりつける。次は女が可と勧められている場面。こうして無事この男女は結ばれたかに思われたのだが、一年後の神社の場面では女は別の男と幸せそうに歩いている。ここで初めて、女は実は最初から今の男と恋愛結婚したがっていて、易者の所に抗議に来たもう一人の男は体よく女に利用されていたに過ぎないことがわかるという仕掛けだ。異なる時と場所と人物による多元的な構成が、ほんわかとしたミステリー味（？）をかもし出しているのである。

構成的、技巧的に書くと、ふつうの小説を書いたつもりでも謎をはらんでミステリー的になってしまうというわけだが、最初は意識していなくとも、そうしたことが続けば、〈ミステリーの自覚〉が生まれないと考えるほうが不自然だろう。自然発生的なミステリーから、視点操作や時間操作といった構成上の仕掛けを駆使した自覚的なミステリーへ。そうした足取りを菊池も芥川もたどったのではないだろうか。

芥川の場合も菊池と同じような例示をすることは可能だが、煩瑣にわたるのでここでは省略し、自覚的なミステリーとみなすことのできる「藪の中」（大11）と菊池の「自讃」（大14）の二つだけを紹介するにとどめたい。

「藪の中」は周知のように、一人の男の死骸をめぐって、複数の目撃者やら、その妻、夫婦を襲った盗賊、さらには男の霊までが登場して、それぞれの言い分を申し立て、結果として藪の中で起こった惨事の真相がわからなくなってしまうという物語である。男の死後の裁判から始まっているのだから、倒叙に類した時間操作があることは明らかであり、視点の多元化という視点操作ももちろんある。謎をはらんでしまったというよりは、謎の生成が自己目的化された自覚的なミステリーであることは明らかだろう。

いっぽう、これと比べればマイナーな作だが、菊池の「自讃」もこれに負けず劣らずの、わけのわからない小説だ。流行作家の「私」のところに、原稿を読んでくれとも金をくれともつかぬような松山という男が訪ねてくる。「私」は門前払いを食わせたものの、後から来た松山の手紙を読んで後悔し、今度はこちらから積極的に働きかけて、古本屋を出せるような金額を援助する。ところがいつまで経っても松山は店を出した気配はなく、そうこうするうちに、松山の友人の木下という男から、松山が「私」のことについて書いた木下宛の手紙が送られてきて、松山の言うことのどこまでが本当でどこからが嘘なのかが、すっかりわからなくなってしまうという内容だ。時間操作こそないものの、複数の視点、さらには入れ子状の視点（木下からの手紙に松山が木下に出した手紙が引用されており、そこでは最初彼に門前払いを食わせた「私」のことや、松山自身の現況やらが書かれている）やらが「自覚的」に採用されて、真相を見えにくくしている。

6

先に、全知の視点による単調な物語を卒業して視点操作やら時間操作やらが一般化してくるのは明治四十年前後からであると述べた。ミステリーを可能にする構成意識の出現である。いっぽうで、大正後期になると、謎を喚起する一人称体ではなく、語り手の思いが絶対化されて読者に押し付けられる一人称体＝私小説が優勢となってくる、とも述べた。だとすれば、大ざっぱな言い方をするなら、ふつうに小説を書いたつもりでもミステリー的になってしまうくらいに構成意識がさかんであった時期は、明治四十年から大正十年くらいまでのたかだか十五年間ほどに過ぎなかったことになる。

そこで清張だが、彼が最初に手にし、文学への目を開かれ、決定的な影響を受けたのが、菊池や芥川によって完成されたこの十五年間の文学であったのである。これを地層にたとえるなら、その層の下には単調な物語の層があり、逆にその上には別の意味で単調な私小説の層がある、というわけだ。そして清張はそのどちらでもなく、他ならぬ菊池・芥川らの層にどっぷりとつかることで文学的な素地を築いたのだった。かりに清張が上か下のどちらかの層の影響のもとに文学的出発を果たしていたとしたら、彼はミステリー作家にはなっていなかったかもしれない。それほど、清張と菊池・芥川の層との出会いは決定的であったように思えてならないのである。

菊池・芥川に学んだ清張の書くものは、特に意識はしなくとも、おのずとミステリー的になってしまう。それは出発期の「西郷札」や「火の記憶」、「或る『小倉日記』伝」などを読めば、すぐにわかることだ。しかもその周囲の文学はといえば、単調な私小説一色におおわれていたというのが実情だった。したがってそのなかにあっては、清張の書くものが実際以上にミステリー的に見えたのも当然だろう。こうして、ミステリー的な小説から自覚的なミステリーへの転身が準備されることになる。何十年か前に菊池と芥川が歩いた道を、清張もまた辿ろうとしているのだった。

清張一口メモ：清張と寛・鷗外

松本清張の文学的素養の基礎は、そのほとんどが大正十三年から昭和二年にかけての小倉の川北電気在職中（十五歳〜十七歳頃）に培われた。『半生の記』によると、読書の範囲は同時代文学を中心に漱石・鷗外・自然主義文学から、ポー・ゴーリキーにまで及んでいた。なかでも、小説らしさの有無を重視する清張が傾倒したのは構成のしっかりとした芥川龍之介や菊池寛の作品だったが、特に寛の生活者感覚あふれる作風には惹きつけられたと述べている。

文学史的に見るとこの時期は、小説らしさとは何かをめぐって芥川と谷崎潤一郎が論争を交わしたり、構成的な小説作法書の代表格で、清張の座右の書でもあった木村毅の『小説研究十六講』が評判を呼んでいた時期でもあった。そうした動きと向かい合うことで、若き日の清張はみずからの資質のかたちを見定めていったのである。菊池寛への一貫した傾倒ぶりは、文藝春秋社を興し発展させた寛と佐佐木茂索という二人の巨人の関わりを探った評伝『形影　菊池寛と佐佐木茂索』にも遺憾なく現れているが、清張文学を根底から特徴づけている大衆性や現実性は、実は寛のそれに負うところが大だったのである。

清張と関わりの深い文学者と言えば、もう一人、森鷗外の名を逸するわけにはいかない。清張にとっては〈ふるさと〉ともいうべき小倉ゆかりの文豪だが、小倉時代の鷗外に取材した作品としては、市井の鷗外研究者である田上耕作という実在の人物を主人公として鷗外伝の空白に迫った「或る『小倉日記』伝」や、ミステリー・タッチの「鷗外の婢」とその続編ともいうべき「削除の復元」がある。文学的影響の面では、当初は鷗外の歴史小説の方法に是々非々の立場をとっていた清張だが、没後に刊行された評伝『両像・森鷗外』には、文体・方法ともに鷗外の影が色濃く落ちている。そこに、「或る『小倉日記』伝」から『両像・森鷗外』へと、絶えざる前進を続けた清張文学の確かな歩みを見てとることができる。

2章　本流としての清張文学
――漱石から清張へ――

1

伊藤整が「『純』文学は存在し得るか」（『群像』昭36・11）のなかで、驚きの念とともに「社会的推理小説が現代文学として『純』文学を事実上圧倒してゐるやうに見える」と書いた時、その前提にあったのは、「純」文学こそが本来は主流のはずであるのに、という認識であった。それが、傍流であるべき清張や水上勉らの社会的推理小説の台頭によってその座を奪われようとしていることに、唖然としたのである。

ここで想定されている「純」文学とは、「現代に時を設定した小説の中で、また真剣さが告白と道徳意識の支配下にある私小説」、「作者と主人公とを重ねて、実録とし告白として読者を納得させる私小説」、「その主人公なる作者の道徳意識又は人間的あり方が作品の価値決定を大きく左右する」小説（いずれも伊藤文より）という意味であり、これは現在に至るまで広く見られる日本小説に特有の形態であり、これを主流とみなすのは、決して奇矯な捉え方などではなく、むしろこれまた現在に至るまで、最大公約数的な見解と言っていいだろう。

実は本章の主旨は、そうした最大公約数的な見方に異議を唱える、すなわち実態としては多数を占める「純」文学が主流であるとしても、日本小説の本流はそれとは別のところにあるのではないか、ということを説くところにあるのだが、そのことに関連して、唐突だが、正宗白鳥の有名な漱石論（「夏目漱石論」『中央公論』昭3・6）を振り返ってみよう。周知のように、白鳥はここで漱石文学の通俗性に痛罵を浴びせている。『虞美人草』（明40）から始めているのでまずはその美文が槍玉に挙げられているが、それ以後の作品も含めて、その通俗道徳ぶり、作為ぶり、冗漫ぶり、「いつも実感が欠けてゐて、生な人間らしいところが欠けてゐるので、強く胸を打たれることがない」点、「新聞小説家として読者を面白がらせなければならぬと云ふ職業意識から、こんな余計な作為を用ひたのではあるまいか」と思われる点、「からくり」と「趣向」の過多、「わざとらしい趣向」、「型に入つたやうに現実味を欠いてゐ」る登場人物たち、と白鳥の批判は容赦がない。

後期に近づくにつれて徐々に改善されていくとは言うものの、他方では、そうした悪弊は『明暗』（大5）まで続くとも言っている。そのなかで、白鳥が比較的いい点をつけているのはどんな個所か。『明暗』を指して「お延とお秀と、吉川夫人とは、充分に現実の女らしい羽を広げて羽叩きしてゐる」、「我々が日常見聞してゐる平凡な現実生活の真相が多分に出てゐる」と言ったり、『行人』（大3）を評して「この作者がいかに、男女関係についての暗い真理に思ひを致してゐたか、またさういふ暗い気持ちから脱却するためにはいかに苦闘しなければならぬかと、思ひを潜めてゐたことが察せられる」とか、晩年の作に現れている心の暗さ醜さに関する「いろいろな疑惑は、作者自身の心に深く根を張つてゐたのぢやないかと思はれる」など、現実らしさとか作者自身が出ていると高得点を与えていることがわかる。

何のことはない、伊藤整が「実録とし告白として」とか「その主人公なる作者の道徳意識又は人間的あり方が作品の価値決定を大きく左右する」云々と言っていた、いわゆる「純」文学らしさが出ていると高く評価し、そうでないと貶めていたに過ぎないのである。もちろん自然主義の「驍将」である白鳥の言なのだから、当然と言えば当然だが、それにしても一種の党派的評価であることにはまちがいない。それはともかくとして、ここで白鳥が是としていたものが先の伊藤整の「純」文学の定義と重なるとしたら、清張や勉は、漱石とつながるということになる。本章の副題である「漱石から清張へ」はまさにこうしたことを踏まえたタイトルだが、実はこの流れこそが日本の近代小説の本流なのではないか、というのが本章の主旨なのである。

2

それではなぜ（自然主義ではなく）漱石文学のほうを本流とみなせるかについて、まず考えてみよう。前章で見たように、一九〇〇年前後から世界的規模で、小説技法への関心が高まってきた。構成意識の台頭であり、そのなかでも特に重要なのは、視点意識と時間意識との二つだった。それ以前は、全知の語り手によるお話的展開か、一人称体とは言っても単純な体験談的なものが主流だったのに対して、この頃から構成意識が台頭し、死角や謎をはらんだ一人称体が出現するようになったのである。かつては一人称体と言えばもっぱら告白効果による迫真性ばかりが注目されていたが、視点と時間への意識の深まりとともに、一人称体が死角と謎をはらむことが注目され始め、ミステリー出現の素地ができたのだった。あるいは、視点と時間を意識した小説はおのずとミステリー的になる、と言いかえてもいい。

これも前章で指摘したことだが、そうした時代を代表する技法理論が、田山花袋の平面描写と岩野泡鳴の一元描写だった。作中人物の内部に立ち入らない平面描写も、一人物に見えることしか描かない一元描写も、いずれも死角→謎をはらまずにはいない表現方法だったのである。これに加えて心理学の成果と連動した時間意識（拙著『小説の考古学へ』平13参照）が時間の仕組みに自覚的な回想体という形式を生み、回想する時点の語り手が、読者を意識して、回想される時点の話の内容や範囲を自在にコントロールできるようになった。その結果、謎の多寡などを自由に調節でき、内容を自由に操れるようになったのである。これまたミステリー的小説の誕生を促したのだ。そして前章で述べたように、そうしたタイプの代表的作品として漱石の『心』（大3）を想定してもいいが、本章では、漱石が、多くの収穫をおさめた『心』までの一人称体をなげうって、『道草』（大4）以降なぜ再び三人称体に転じていったのか、にこそ注目してみたい。

前章でも紹介した書物だが、平面描写や一元描写の時代に技法意識を深めるのに決定的な役割を果たしたのが、クレイトン・ハミルトンの『小説の材料と方法』（一九〇八）という技法入門書だった。もっともこの本は原著出版の一年余りのちには中村星湖の翻訳でその主要部分が「小説論」（『文芸百科全書』明42所収）と題されて紹介されているから、日本の多くの読者はこの星湖文を通じてこの本の内容に触れたと思われる。なかでも、その視点論（星湖訳では「小説の観察点」）はこれ以降の小説技法に大きな影響を与えた。

花袋の平面描写や泡鳴の一元描写がどれくらいこれの直接的な影響を受けているかは断言できないが、少なくとも平面描写や一元描写に当たるものも、ハミルトン＝星湖の視点分類中には含まれていた。ここでそのハミルトン＝星湖の視点分類を簡単に紹介しておこう。結論から先に言ってしまえば、それらは四つ（平面描写、一元描写、全知の視点、一人称体）ないしは五つ（前記のうちの一元描写を、純粋一元と実質多元とに下位分類する）に集約される。ただ、それが少しばかり体系的かつ委曲を尽くして述べられているのである。

星湖はまず観察点を、作中人物自身による内部的観方（一人称体にあたる）と第三者としての作者による外部的観方（三人称体）とに二分する。そして前者を細分化して、語り手が主要人物である場合、副人物である場合、数人である場合、さらには書簡体のかたちをとる場合、などに分類している。したがってこれらは一人称体として一括することもできる。

他方、後者に関しては、基本的には、全知、一元、平面、の三つに分類している。すなわち「神の如くに作中の事件過現未に通じ、作中の人物の智情を彼等自身より以上に洞察する」全知の方法、

「一人若くは其以上の人物の心理に何時たりとも立入る自由を有しつゝ、其以外の人物の観察は、作者が見透し得ると定めた人物に依て聞かれ見らるゝ範囲に止めて置く」一元描写、そして「すべての人物に対して単に観察的にして全然外部的の態度を取るやうに制限する」平面描写の方法、である。ただ、一人称体を三つないし四つに細分化していたのと同じように、一元描写をさらに下位分類している。すなわち「作中の一人物、若しくは二三人物の観方を以て」とあるように、心理に立ち入る対象をただ一人には限定せず、いわば純粋一元と実質多元とを併記していたのである。ハミルトン＝星湖の視点分類を五つともみなせると概括したゆえんである。

見られるように、ここには作中人物の内部に立ち入らない平面描写も、一人物に見えることしか描かない一元描写もあるので、花袋・泡鳴の説の背後にこの本の存在を想定したくもなるのだが、それはともかくとして、ハミルトン＝星湖の分類中の内部的観方（一人称体）も、外部的観方（三人称体）のうちの平面描写も一元（純粋）描写も、いずれも死角→謎をはらまずにはいない表現方法なので、そこにミステリー出現の素地が生まれたというわけである。

ところで、本章では、このなかでも一元描写に注目し、しかも泡鳴のそれとハミルトン＝星湖のそれとは似て非なるものであったことを重視するところから、考えを進めてみたい。すなわち、泡鳴のそれがあくまでも観察点を一つ（一人）に限定していたのに対して、ハミルトン＝星湖においては、「一人若くは其以上の人物の心理に何時たりとも立入る自由を有しつゝ、其以外の人物の観察は、作者が見透し得ると定めた人物に依て聞かれ見らるゝ範囲に止めて置く」となっていたのだった。要するに、二、三人による「一元描写」、すなわち観察点を複数もった実質は多元的な描写が、ここで提唱されていたのである。

整理してみよう。一人称体や平面描写（三人称体）、泡鳴流の純粋な一元描写（三人称体）が死角・謎を生むミステリー向きの文体であるのはまちがいないとして、それでは二、三人による「一元描写」＝観察点を複数もった実質は多元的な描写（三人称体）の取り柄は、どのような点に見出せるだろうか。——人物Aから描き、さらにBから捉え返す、すなわち人と人とを相互的に描く、あるいは、関係を相互的に描く（拙著『小説の考古学へ』参照）ことこそは、そうした文体の最大のメリットにほかならない。だとしたら、『心』以降の漱石の転進も、まさにそうした文体と人間把握、さらにはそうした人間把握に基づく世界把握を求めてのものであったと考えてよいだろう。

3

『行人』や『心』までの一人称体（複数の一人称体を組み合わせた場合も含め）では、謎＝ミステリーは描けても、相互的な関係や世界は描きにくい。複数の一人称体を組み合わせれば、いくらかは相互的に、すなわち語り手Aの別の面がもう一人の語り手Bによって明らかにされうるが、章を変えたりする必要があるので、滑らかにはいかない。無段階変速的に相互的立体的に描かれる、というようなわけにはいかないのだ。『心』で言えば、「私」と先生とは手記と遺書という一人称の言葉を持っているので、相互的な関係を何とか描くことができるが、それを持たない先生の奥さんや、私の両親などは、語り手から一方的に（相互的でなく）描かれるだけである。

『道草』や『明暗』において採用された三人称体（多元的な「二元描写」）は、その意味で、この時期もっとも広く、かつ深く、人間や世界を描くことのできるもっともパワフルな文体であったと言わなくてはならない。三人称体である以上、全知の描き方もできるし、ひるがえって二、三人の作中人物の目線に降りていき、それらの人物に即して互いを相互的に描くこともできる。それが『道草』や『明暗』の夫婦の葛藤などに生かされて、見事な成果を収めることになったのである。

　彼は自分の新たに受取つたものを洋服の内隠袋から出して封筒の儘畳の上へ放り出した。黙つてそれを取り上げた細君は裏を見て、すぐ其紙幣の出所を知った。家計の不足は斯の如くにして無言のうちに補なはれたのである。

　其時細君は別に嬉しい顔もしなかつた。然し若し夫が優しい言葉に添へて、それを渡して呉れたなら、屹度嬉しい顔をする事が出来たらうにと思つた。健三は又若し細君が嬉しさうにそれを受取つてくれたら優しい言葉も掛けられたらうにと考へた。それで物質的の要求に応ずべく工面された此金は、二人の間に存在する精神上の要求を充たす方便としては寧ろ失敗に帰してしまつた。〈二十一〉

日々の生活に追われる『道草』の主人公夫婦（健三とお住）のやりとりを描いた場面だが、「補なはれたのである」が全知の話者からの把握・説明であるのに対して、「出来たらうにと思つた」、「掛けられたらうにと考へた」は作中人物に即して表現されている。そして最後は「寧ろ失敗に帰してしまつた」とあるように、話者が締め括って閉じられている。同様の例は、このあとの『明暗』においても見られる。

津田は失敗つたと思つた。何故早く吉川夫人の来た事を自白して仕舞はなかつたかと後悔した。彼が最初それを口にしなかつたのは分別の結果であつた。話すのに訳はなかつたけれども、夫人と相談した事柄の内容が、お延に対する彼を自然臆病にしたので、気の咎める彼は、まあ遠慮して置く方が得策だらうと思案したのである。

盆栽を振り返つた彼が吉川夫人の名を云はうとして、一寸口籠つた時、お延は機先を制した。

（中略）

お延は夫より自分の方が急き込んでゐる事に気が付いた。この調子で乗し掛つて行つた所で、夫はもう圧し潰されないといふ見切を付けた時、彼女は自分の破綻を出す前に身を翻がへした。

〈百四十六〜百四十七〉

婚前の異性問題やらお互いの相性問題やらが原因でぎくしゃくした関係にある夫婦の関係を描いた個所だが、「失敗つたと思つた」、「急き込んでゐる事に気が付いた」が作中人物に即した表現であるのに対して、「分別の結果であった」、「得策だらうと思案したのである」などは、全知の話者からの説明的描写であり、この二種が組み合わされることで、多方向からの重層的な把握を実現しているのである。

『小説の考古学へ』では、こうした表現技法が、時を同じくして勃興した映画の表現技法＝被写体の全体を写すロング・ショットやミディアム・ショットと特定の視点からのクローズ・アップとを組み合わせる（モンタージュ）表現技法、と一致することから、映画の技法が小説のそれに影響を与えた可能性を次のように指摘しておいた。

銀幕上に大きく浮かび上がる顔は、それと相対しているもうひとりの存在（視点）を逆照射せずにはおかないのだから。もちろん、小説とちがって具体的にカメラで撮影される写真や映画では、最初から視点は——どこから撮っているかは——具体的かつ明示的ではあるだろう。ただ、それが、クローズアップが挿入されたりして（カットイン）場面転換がおこなわれた時には、よりいっそう視点位置の自覚を強く促す、というわけである。岩本憲児は「局所大写しと全部写しの自由自在」云々という大正三年の日本映画に対する吉山旭光の評を紹介しているが（「接近とへだたり―クローズアップの思想」『講座日本映画1』昭60）、そうした、いわば一作中人物に寄り添った視点と全知の視点とを自在に組み合わせる（＝モンタージュ）という表現スタイルは、この頃の作家たちの眼にはそうとう新鮮にうつったにちがいない。

ボクはのちに、こうした、作中人物に寄り添った視点と全知の視点とを自在に組み合わせた文体を「モンタージュの文体」と呼んでいるが（「モンタージュの文体とジェイムズ、フローベール」『日本文学・翻訳論文集』所収、二〇〇四年、中国・人民文学出版社刊）、北京でのシンポジウムで発表したものを中国語訳して出版したものなので（「モンタージュの文体」が「蒙太奇文体」といった調子だ）、いまだ日本語では公表していない。

4

いわゆる「純」文学は、一人称体か泡鳴流の純粋一元描写の文体（三人称体。しばしば一人称的三人称体とも呼ばれる）かを用いて書かれるわけだが、そうした文体が自己中心的な世界を構築しがちで、しばしば一面的な他者理解に陥りがちであるのは見やすいところだ。伊藤整が念頭においていた主流としての「純」文学も、その例外ではない。

これに対して『道草』以降の漱石が進み出た世界は、それとはまったく対照的な世界だった。モンタージュの文体を駆使して、関係を相互的に描き、他者を立体的に捉え返す、そうした風通しのいい世界が打ち立てられたのである。また小説技法史の上から言っても、二〇世紀に入る頃に世界的規模で完成された豊穣な技法の数々がそこでは実践されている。先に、なぜ（自然主義ではなく）漱石文学のほうを本流とみなせるか、と問題提起しておいた。ここまで見てくれば、その優劣はおのずと明らかだろう。本来なら、この延長線上に、日本小説はさらに大きく開花しなくてはならなかったはずである。ところが、事実はそうはならなかった。いつの頃からか、あの「純」文学が主流となってしまうような展開が、その先には待っていたのである。

『編年体大正文学全集　第六巻』（平13）の解説でも述べたことだが、前述のような漱石文学の充実を横目で見ながら、文壇文学は大正に入る頃から、新主観主義、生命主義、人道主義、人生派、といった諸派によって占められるようになっていく。冒頭で紹介した正宗白鳥の文学観とも重なる「作者の主体を賭けた真率さのようなものを高く買う傾向」（前掲解説）があらわとなり、（唯我独尊的な）自己像の確立に力が注がれていったのである。「純」文学の出発にほかならない。

ハミルトン＝星湖の仕事に象徴される明治四十年前後からの小説の技法改革の動きが一段落した時点でまとめられた『小説の創作と鑑賞』（大13）という書物のなかで、著者の木村毅は、「作中の一人物の視野を通して見た世界を書く」という様式すなわち泡鳴流の一元描写が現在の短編小説中の「殆んど十中の十まで」を占めていると言っている。しかもそれらはあの謎や死角をはらむ一元描写や一人称体などではなく、もっぱら独善的な面のみが強化されたそれだった。いずれにしても、それほどまでに文壇では多元描写が廃れ、一元描写や一人称体一色になっていったのだ。

同時期に、木村は前掲のハミルトン本を下敷きにした『小説研究十六講』（大14）という小説作法入門書も出しているが、そこでは「制限的視点」（＝一元的視点）に関して、いっぽうで、視点人物は「一人以上としてもよいが、余りに多数者の上に散点すれば、前に述べた絶対全知的視点に還元する」と言いつつも、他方では「作家は場合に応じ、視点を甲から乙へ、乙から丙へと移すことも出来る」とも述べていた。しかし、これが、昭和八年に「縮刷改版」された新潮文庫版『小説研究十二講』においては、視点の移動の件りは削除され、「制限的視点」は「作中人物の誰か一人の上にのみ絶対無上権を与へ」、という一元的方向に一本化されてしまっている。これなども、漱石流の多元描写の衰退と「純」文学の肥大化とを象徴する出来事と見ることができる。

5

ここで話は前章で述べた菊池寛と芥川龍之介の場合へとつながっていく。複数視点や多元描写は、菊池や芥川のもっとも得意とするところだった（前章）。多元にもさまざまあり、『心』のようにいくつもの一人称体を組み合わせるタイプ、『行人』のように一人称体のなかに入れ子で別の一人称体を包含するタイプもあれば、異なる時点の場面、異なる場所の場面、異なる人物から見た場面、を取り合わせるという多元構成もある。さらには『道草』や『明暗』のように、三人称体でありながら、全知の部分と二、三人の人物に即した部分とを組み合わせるという、オーソドックスな多元もある。

しかし、『編年体大正文学全集　第六巻』の解説で述べたように、滔々たる流れは、そうした技巧よりも、「作者の主体を賭けた真率さ」のほうに向かっていった。何年かのちに菊池が文壇の主流から通俗のほうへと追いやられ、さらにその何年かのちには芥川が文字通りの死へと追いやられたのも、これと無関係ではなかったかもしれない。

ともあれ、前章で述べたように、そうした菊池・芥川の文学と出会うことで清張はのちに文学者として出発することになるのである。そして菊池・芥川文学の再現とも言うべき数々の傑作を発表していくことになる。たとえば「顔」（昭31）における犯人と目撃者双方からひとつの出来事を描いていく方法。「地方紙を買う女」（昭32）でも犯人と追及者はそれぞれパートを割り当てられて、ひとつの出来事にそれぞれの側から光を当てていく。遺書や手紙を挿入したり、といったことは常習的におこなわれているし、『道草』や『明暗』のような書き方の小説などは、三人称体でありながら自堕落な男や女へと自在に視点を移動させた「鬼畜」（昭32）、入り組んだ男女の関係のそれぞれに視点を移動させた『波の塔』（昭34〜35）を始めとして、枚挙に暇がないほどだ。

そしてここで唐突に「漱石から清張へ」という副題に話を持っていくとすれば、見てきたように、「純」文学的あり方の対極に位置する多元をキーとして、漱石から菊池・芥川へ、そして清張へ、という脈々たる流れを想定できるのである。主流たる「純」文学の自閉的独善的世界のひからびた果実を尻目に、豊穣な多元的世界を構築することによって多くの一般読者に小説の面白さを実感させたこの文学的系譜こそが、ありうべき日本小説の本流だったのではないだろうか。

そしてこの本流の生成に決定的に関与したのが、すでに見た二つの書物だった。クレイトン・ハミルトンの『小説の材料と方法』（中村星湖の「小説論」と言っても同じことだが）と、それらを下敷きにした木村毅の『小説研究十六講』である。清張の『小説研究十六講』への傾倒ぶりは広く知られているし、他方、漱石文学がそこから巣立っていった小説技法の革命期とも言うべき明治四十年前後の台風の目ともいうべき存在の書物が、『小説の材料と方法』だったのだ。だとすれば、「父」に影響を受けた漱石らと、「子」に影響を受けた清張が、同一の系譜上に連なることになるのは当然だろう。

ここで想起されなくてはならないのが、清張が目にした『小説研究十六講』が最初の版だったということである。


「小説研究十六講」を買ったのは昭和二、三年ごろだったと思う。私の持っているのは十三版で大正十四年十二月発行である。初版がその年の一月だから、一年間に十三版を重ねた当時のベストセラーだ。（「葉脈探究の人—木村毅氏と私—」『小説研究十六講』新装版、昭55）

すでに見たように、昭和八年に「縮刷改版」された新潮文庫版『小説研究十二講』においては、視点の移動の件りは削除され、「制限的視点」は「作中人物の誰か一人の上にのみ絶対無上権を与へ」、という一元的方向に一本化されてしまっていた。だとしたら、もしかりに清張が手にしたのがこの版だったとしたら、その後開花することになる清張文学はどのようなものになっていただろうか。

ともあれ、清張が手にしたのは多元を説いていた最初の版のほうだった。そんな運命のいたずらにもいくぶんかは左右されて清張は、漱石→菊池・芥川の流れに連なることになったのかもしれない。

清張一口メモ：「巻頭句の女」

戦後の混乱も一段落すると、人々の関心は余暇やら教養やらに向けられていく。観光ブームなどというのも昭和三十年代に入って目立ってきた現象だが、それと並行して、雑誌の短歌や俳句の投稿欄は、家庭の主婦などの素人作者たちによる応募で賑わいを見せるようになる。そのいっぽうで、有名無名の短歌俳句雑誌や結社も多く誕生した。

「巻頭句の女」という小説を読むと、そんな時代の雰囲気がまざまざと甦ってくる。石本麦人を主宰者とする俳句雑誌「蒲の穂」は支部の句会を持っているくらいだから、そんなに小規模のものではないが、それでも同人たちは主宰者の麦人が医者であるのを始めとして、古本屋やサラリーマンであったり、専業主婦であったりと、他方では多忙な現実を引き受けてもいる。

そんななかで彼らのまわりにささやかな異変が起きる。毎号のように「蒲の穂」に投句してきていた志村さち女からの句がぷっつりと途絶えたのだ。施療院で療養中という身の上を心配して、同人たちが様子を見に訪れると、彼女は病身であるにもかかわらず結婚して退院したという。彼女が短いながらも最後に幸福を手にしたと知って安堵する同人たちだったが、物語はそこから一転して意外な結末へと導かれていく。

全五章中の最後の二章がその意外な展開部分にあてられているが、ここには日常性中心の前半部分とは対照的にさまざまなトリックや仕掛けが凝縮されており、ミステリーファンを堪能させずにはおかない。要するに、前半と後半の落差というか対比が、この小説の真骨頂なのである。そして、そこにも昭和三十年代という時代は色濃く影を落としていた。たとえば、東京の山の手辺は近所づきあいも少なくなり、というような事実を前提として悪だくみは練られるのだし、マイカーブームの先駆けともいうべき現象も、それに一役買っていた。

医者が往診に使った車は大型で路地には入れず、犯人が借りた「小型のルノー」のほうは家の前まで乗りつけることができ、その行き来の際の騒音が事件発覚のきっかけとなった、というあたりに見られる時代の取り込みのうまさは、まさに清張の独壇場というほかはない。

Ⅱ　清張の闘い

3章　清張と本格派

――乱歩封じ込め戦略のてんまつ――

1

最初に、松本清張が木々高太郎からの葉書の文面を誤読したところから、始めることにしよう。

北九州市立松本清張記念館編の図録『ふるさと小倉　清張文学の羽搏き』（平10）にも写真版で掲載されている有名な葉書だが、「『西郷札』のころ」（『週刊朝日』増刊、昭46・4・5）と題された清張自身の証言によれば、第一回朝日文芸入選作として『週刊朝日』春季増刊（昭26・3・15）に掲載された処女作の「西郷札」を木々に送ったことに対する礼状のことだ。したがって、「日付不明」（『ふるさと小倉　清張文学の羽搏き』）ではあるものの、同じようにして送った大仏次郎からの礼状（『ふるさと小倉　清張文学の羽搏き』に写真版で掲載）の日付が昭和二十六年の三月十八日であることから類推すれば、木々からの返事もだいたい同じ頃であったととりあえずは想像される。

葉書の内容は、「西郷札」を「大そう立派なもの」と褒め、続稿に取り組むよう、そして発表誌がなければ自分が仲介してもよい、というきわめて好意的なものだが、そのなかの続稿のくだりを誤読してしまったのである。清張自身が「『西郷札』のころ」で文面を間違えて写しているので、それがわかる。「『西郷札』のころ」には、このように転記されている。

「雑誌お送り下すってありがたく拝読いたしました。大そう立派なものです。そのあと本格もの矢つぎ早やに書くことをおすすめいたします。発表誌なければ、小生が知人に話してもよろし。

木々高太郎」（原文のまま）

実はこの転記には、「ありがたう」が「ありがたく」に、「話して」が「話しても」に、など他にも些細な読み違いがあるのだが、重要なのは「本格もの」の個所である。いまその部分を書き写して拡大して示すとこのようになる。想像するに、「種」の旁部分が「格」のそれにあまりにも似ていたことから、それに引っ張られて前後も含めて誤読してしまったものと思われるが、「種」の字さえ除けば、それ以外は上が「この」、下が「のもの」であることは見やすい。特に、下の「の」までを省いて受け取ってしまったことは理解に苦しむ。つまりかりに、「種」を「格」ととってしまい、それに引き摺られて「この」を「本」の大胆な崩しととったと

しても、せめて「本格のもの」で食い止めていなくてはならなかったのだ。後述するように、「本格もの」と「本格のもの」とでは、大変な違いが生じかねないからである。

ところで、この木々の葉書の文面の正確な翻刻は、すでに山梨県立文学館発行の図録『松本清張と木々高太郎』(平14)でなされている。山梨県出身の木々の業績を顕彰する目的のこの展覧会＝図録には他にも木々の肉筆が多く出品されており、それらを見ると、木々は、禾偏(種)と木偏(格)とをはっきりと書け分けていたことがわかり、そこから問題の字は禾偏の字＝「種」に特定され、付随して、その個所は、「この種のもの」＝「西郷札」のようなもの、を矢継ぎ早に書くよう慫慂していたことがわかるのである。

2

さて次に問題となるのは、清張がなぜそのように誤読してしまったかということと、「この種のもの」でも「本格のもの」でもない「本格もの」という言葉から清張は何をイメージしていたか、ということだろう。前者について言えば、清張の「本格もの」への意識過剰を「想像」するのはたやすいが、想像のレベルを超えるのはむずかしそうだ。単に、「種」の旁部分の崩しに幻惑されたに過ぎないとも言えるからだ。その意味で、むしろ考察に値するのは、後者のほうだろう。

周知のように、「本格もの」といえば、ふつうはトリックと謎解きとからなる本格探偵(推理)小説のことを指す。これが仮に「本格のもの」だと、本格的なもの、という一般的な意味である可能性もあるが、「本格もの」ではまずそうはならない。これは、有名な昭和十一年の甲賀三郎と木々高太郎の論争以来変わっていない。甲賀によれば、探偵的要素に重きを置いた本格探偵小説以外の、乱歩作品のような「芸術味」のある変格ものは「探偵味のあるショート・ストーリー」とみなすべきであって、本来、探偵小説の範疇に入れることからしてすでに疑問であるとされる。これに対して、本格的な探偵小説であればあるほど芸術的となるはずだというのが木々説であり、こうした立場は探偵小説文学論と呼ばれた。戦後においても、本格・変格の意味合いや木々の立場は基本的には変わっていないから、もしかりに、木々が清張に、トリックと謎解きが売り物の「本格もの」を書くよう勧めていたと清張がとったとしたら、ずいぶん奇異な感じがする。

「『西郷札』のころ」は後年の回想だから、あまり当てにはならないが、清張自身はそこでこのように述べている。

木々氏のいう「本格もの」とは推理小説の意味で、掲載誌に添えたわたしの木々氏への手紙は、このような小説でも推理小説になるでしょうかときいたのである。当時の木々氏は推理小説を文学のひろい領域の中に考え、たとえば森鷗外の「かのように」といった作品まで推理小説の範疇に入れておられた。

これが縁で木々氏編集の「三田文学」に小説を二つほど書かせてもらい、あとの一つが運よく芥川賞になったのだった。

木々の立場の説明はこれで間違っていないが、「本格もの」が単に推理小説のことだというのは、どう考えても無理がある。当時の木々は、今度は乱歩を仮想敵として、本格派対文学派の論争の渦中にあり、もちろん木々の属するのは後者だったのだから。

ただ、そんななかにあって、木々の周辺をつぶさに見ていくと、管見の範囲では二つほど、木々と「本格」という呼称とのつながりを確認できる。一つは、「いよいよ本格長編を」と題された木々自身の短いエッセイである（『宝石』昭25・1）。これまでは短編しか書けなかったが、今度いよいよ『新青年』に千枚の長編を書かせてもらうことになったとの抱負を述べたもので、すぐわかるように、いわゆる「本格」とは違う意味でこの言葉が使われている。もっとも、これはおそらく編集者がつけた表題であって、本文中には「本格」との言葉は使われていないが。

この用例と関連があるかどうかはわからないが、乱歩が『探偵小説四十年』（昭36）の「昭和二十八・九年度」の項で引用しているところによると、昭和二十八年十一月の『東京新聞』に、「探偵小説文学論をぶって、いわゆる本格派を名乗る」木々高太郎云々、と評した記事が出ている。もちろん乱歩は注記で「文学派を本格派というのはおかしい。本格派といえば本格探偵小説派の意味にとられる」と抗議しているが、ひょっとすると、一部で、いわゆる「本格派」という意味とは別に、探偵小説的要素と芸術的要素とを兼ね備えてこそ本物＝本格だ、という意味が流通していた可能性はわずかだが、ある。

いずれにしても、清張の言う「『本格もの』とは推理小説の意味で」は、こうした例外的な用例のほうに引き付けて受け取るか、さもなくば不可解な一節として切り捨てるほかないものなのである。ところで、「この種のもの」＝「西郷札」のようなものという個所を、「本格もの」（＝『西郷札』のころ」に従えば単なる「推理小説の意味」）と誤読したことが、今度は、慫慂に応えて新作（のちの「火の記憶」）を木々宛てに送ってそれが雑誌に掲載された際の、次のような感想へと結びつくことにもなった。

木々高太郎氏から何か書けと言われて送ったのが「火の記憶」である。しかし、氏のことだから、推理小説を書いたほうがどこかの雑誌に紹介されると思い、このような作品になった。ところが、すぐに『三田文学』に載ったのでとまどった。そこで同誌の性格に合う小説をと思い、つぎに提出したのが「或る小倉日記伝」である。（松本清張短編全集1『西郷札』「あとがき」、昭38）

これまた後年の回想だから、当てにはならないが、「文壇作家『探偵小説』を語る」（『宝石』昭32・8）という座談会でも、「（推理小説のつもりで書いたのに──藤井）ただ木々さんが三田文学に出しちやつて。これは具合悪いと思つて、『或る小倉日記伝』をあとから出した」と述べているから、「とまどい」の信憑性は高い。整理すると、要するに、木々はおそらく「西郷札」をそれほど推理色の濃いものとは思っておらず、礼状ではその種の新作を要求し、また、送られてきたもの（「火の記憶」）が極端な推理ものではなかったので一般文芸誌である『三田文学』に載せたわけだが、清張としては、そもそも推理小説を要求されていると誤読しており、そこで自分としては推理小説のつもりで「火の記憶」を送ったので、それが『三田文学』に掲載されたことに「とまどい」、驚いたというわけである。誤読が招いた行き違い、ないしは驚きの反応というわけだが、これが、ふつうの小説を依頼したはずなのに探偵小説が送られてきた、というほどの極端なすれ違いにならなかったのは、もちろん両者がともに文学派の推理作家であって、木々の要求も、清張の応えもともに、推理性を帯びた文学作品ないしは芸術味を帯びた推理小説、の範囲内にうまい具合に収まってしまったからにほかならない。

3

さて、木々をめぐる二例で見たように、「本格」が、トリックと謎解きを中心とした推理小説、という以外のもう少し一般的な意味で使われた可能性はわずかにあるものの、大勢は、やはり従来の、本格対変格、本格派対文学派、と言われてきたような意味で使われるのが圧倒的であったことは言うまでもない。ただ、乱歩のいろんな発言を見ていくと、実はほんものの本格派はきわめて少数であると繰り返し述べているのが、印象に残る。たとえば前掲の昭和二十八年十一月の『東京新聞』の不可解な評に疑問を呈した『探偵小説四十年』「昭和二十八・九年度」のその個所の前後では、「戦後の横溝君は、本格派の代表作家である」、「戦後新人は、高木（彬光―藤井）君をのぞいては、ほとんど本格派ではなかったのである」と昭和三十四年時点で注記している。

もう少し時代を遡らせても、たとえば「日本探偵小説の系譜」（『中央公論』昭25・11）では本格派としては横溝、高木、坂口安吾をあげるにとどまり、文学派作家たちの挑発的な座談会を評した「『抜打座談会』を評す」（『宝石』昭25・5）でも、「戦後本格が盛んになったと称しているけれども、真に本格と取組んでいるのは、ごく少数の作家にすぎず」、と同様の見解を述べている。

当然、この種の見解は本格ものの待望論と表裏の関係にあるわけであり、乱歩がそうした願望を強く抱くようになったのは、昭和十年に『日本探偵小説傑作集』（春秋社刊）を編集したのがキッカケであったと言う。

その編纂をする時、私は一ヵ月もかかって、日本探偵作家の目ぼしい作品を読んだのだが、所謂変格ものの方に優れた作品が多く、何とかして本格ばかり並べようと苦心しても、どうもそうは行かなかった。結果としては英米の傑作集などとは非常に感じの違ったものになってしまった。それを私は、日本探偵小説独自の多様性と称して、一応自讃したのであるが、本格ものの不振は蔽うべくもなかった。私が戦後、本格論をやかましく云い出したのは、そういう道程を経て、傍流が栄えて主流がお留守になっているのは本当でないと痛感したからであった。（「『抜打座談会』を評す」）

本格ものの不振は、他方で、深刻な読者離れをもひきおこさずにはいなかった。

結局本来の探偵小説好きは日本の作品から離れて、翻訳ものに親しむこととなった。殊に知識層の本格好きは、原書や翻訳ものは読むけれども、創作には見向かないという人が多くなった。つまり日本の探偵小説界にはほんとうの探偵小説がないのだという、暗黙の批判を受けたのである。つ私が日本の作家全体が、こんなに本来の探偵小説から遊離してしまっては困ると考え出したのは、この頃（昭和十年前後―藤井）からであった。（「日本探偵小説の系譜」）

戦前においても敗戦後の探偵小説の復活期においても、実は本格ものは一貫して少数派であり、「『本格論はもう沢山』どころか、益々声を大にして『本格作家の優秀なるもの出でよ』と叫ばざるを得ないのである」（「『抜打座談会』を評す」）というのが乱歩の見立てだったわけだが、そうした様子を尻目に、他方では圧倒的な勢いで「低級な探偵小説」が跳梁跋扈する、というのが当時の推理小説界の状況だったようである。たとえばその「探偵作家抜打座談会」（『新青年』昭25・4）にも、こんなやりとりがある。

宮野　探偵小説を書くと、いかにも物好きでやっているように見られるのは心外ですね。

大坪　旧観念（探偵小説なるものへの低評価―藤井注）が流行していることはとにかく確かなんです。旧観念が没落寸前にありながら、これを支えているものは、それは売れるということですよ。

木々　つまり非芸術が売れる……。

大坪　低級な探偵小説を発行部数の多い雑誌に載せるが、それを支えている唯一のものは経済的根拠ですね。（中略）その人達の誇っているところは、いかに儲かるかということですよ。いかに注文を多く受け、いかに儲かるかということを誇っている。稿料はとれるわ、酒は飲めるわ……です。

木々自身、「探偵小説の地位の向上」（『宝石』昭22・1）というエッセイでは、世間の滔々たる「低俗」要求に対して、こんなふうに抗弁している。

探偵小説の地位の向上と言ふのは、主として作家と編輯者とにある。この二人が読者通信を気にして、低俗低俗と希望もし、希望もされるやうになると向上と言ふことは出来ない。

ここでの木々の抗弁は、ほとんど無報酬という条件で持ち込まれた合作の放送探偵劇企画に対する憤りに触発されてのものだが、それを受諾することは、探偵小説を軽蔑させること・探偵小説の地位を引き下ろすことにつながる、とする木々の抵抗姿勢は、探偵小説を低俗視する世間の風潮と、それに迎合して卑俗な読者受けや目先の利益だけを追求する出版社・作家側の浮薄な態度とを、裏側からあぶりだしてもいる。

ここまでで見てきたのは、清張登場以前の推理文壇が、決して本格対変格にくっきりと二分されるようなものではなかった、ということであり、むしろ本格派と変格の系譜を引く文学派とはどちらかといえば少数派であり、圧倒的に優勢を誇っていたのは、営利追求の出版ジャーナリズムに後押しされた「低級」「低俗」派にほかならなかった、という構図こそが確認されなくてはならないようだ。

4

さて、次はそんななかにおける乱歩の位置について確かめておこう。その乱歩自身の整理によれば、戦前期の平林初之輔の命名による健全派対不健全派、そして甲賀三郎の命名による本格派対変格派という分け方はほとんど重なっており、周知のように、そこでは乱歩はどちらかといえば不健全派＝変格派のほうに組み込まれていた。もっとも、「どちらかといえば」のところは微妙であって、乱歩自身は「かかる両極端のいずれにも左袒せず、『文学的本格論』の立場をとった」（「探偵小説文学論を評す」『幻影城』昭26）とも、「戦前に甲賀、木々の論争が烈しく行われた時期があり、私はどちらかといえば木々説に味方していた」（『探偵小説四十年』「昭和三十一年度」における昭和35年時点での注記）とも述べている。

それが戦後になって、甲賀三郎が亡くなったので「今度は乱歩さんと私とは相談の上、論争をしてみようということになつた」（「探偵作家抜打座談会」での木々発言）、すなわち乱歩に言わせれば、雑誌の呼び物記事作りの片棒を担ぐようなかっこうで「多少八百長的に」（『探偵小説四十年』「昭和二十五・六・七年度」）乱歩と木々の論争が始まったわけだが、実際にはこの論争に対する乱歩の思いは複雑でもあれば、そうとう屈折もしていた。

「探偵小説本来のもの、すなわち謎や論理の興味がいかに優れていても、独創があっても、それが高度の純文学になっていなければ問題にならない」という木々説と、「無論文学を排撃するものではないが、いかに文学として優れていても、謎と論理の興味において水準を抜いていなければ、探偵小説としてはつまらない」（「日本探偵小説の系譜」）という乱歩説との当初からの「考えの相違が、戦後第三期の二人の論争となって現れたのである」（同前）、すなわち対立を必然と受け止める一方で、それが度を過ぎて、自分が本格論者の代表として名前を出されたり（『探偵小説四十年』「昭和二十五・六・七年度」）、甲賀と同一視されたりすることには、不快感を隠さないのだ。

極端な本格派（文学不必要論）の甲賀三郎と、極端な文学派（探偵小説最高文学論）の木々高太郎の論争がこれを代表した。過去に於てはどちらかと云えば文学派に属した私は、この時期にはかかる両極端のいずれにも左袒せず、「文学的本格論」の立場をとった。戦争中の空白時代を経て、戦後第三の探偵小説隆盛期に入ると、この対立は一転して木々高太郎君と私との論争という形をとった。私は甲賀君のような極端な本格論者ではない。文学排撃論者ではない。別項「二つの比較論」「英米探偵小説評論界の現状」に詳説した通りの文学的本格論者なのである。（「探偵小説文学論を評す」）

これは昭和二十六年時点での発言だが、乱歩のこうした不満・不快感は徐々に亢進していったように見える。最晩年、昭和三十五年には、『探偵小説四十年』「昭和三十一年度」のなかの注記で、このように記しているからだ。

実は甲賀、木々論争、戦後、それを引きついだように、木々君と私の論争が起ったが、私の意見は甲賀君とはずいぶん違っている。それがしばしば混同されるので迷惑している。甲賀君は非文学論だったが、私は非文学論ではない。

にもかかわらず、どういう事情やつもりであれ、甲賀対木々論争の甲賀パートを引き継いでしまえば、乱歩が本格の側に引き寄せられてしまうのは避けようもなく、それへの不満、釈然としない気持ち、は乱歩のなかでくすぶり続けるだろう。それに対して、実作によって立場を鮮明に打ち出す、という手も有力な打開策としてありえたが、肝腎のそれが、乱歩にはかなわなかった。単純な本格ものはもちろん、当初から唱え続けてきた文学的本格ものも、みずから満足できるようなものには手が届かなかったのである。もっとも、これは、探偵小説最高芸術論を唱えた木々にしても、同様だったのだけれども。

先に、清張登場以前の推理文壇の混沌とした様を一瞥したが、そのなかにおける乱歩の位置も、ひょっとするとそれ以上に混沌かつ複雑きわまるものだったことは記憶しておく必要がある。世評と本人のつもりと、さらには、目指すものと実践と、その乖離と分裂のただなかに当時の乱歩は置かれていたのである。

5

推理小説が一大ブームとなっていったこととともむろん密接な関連があるが、『点と線』（昭33）の刊行前後から、松本清張は推理小説論、推理小説史論のたぐいを精力的に発表し始める。一方の雄である乱歩の「探偵小説三十五年」はまだ連載中だったが（『宝石』～昭35・6。『探偵小説四十年』として昭36刊）、単発の推理小説論は減る傾向にあったから、いわばそれと入れ替わるようにして清張が前面に出てくる格好になっているのには、興味をそそられる。

昭和二十年代が木々・乱歩論争の時代であったとすれば、昭和三十年代は清張の独壇場であったと言っても言い過ぎではない。それほど、清張の発言は、推理文壇を超えて広く世の中に浸透し、また信用され圧倒的な支持も受けたのである。しかし、それは必ずしも自然な流れとしてそうなったのではない。そこには、清張の周到な計算と企みとがあったかもしれないのである。いま、それらの推理小説論、推理小説史のうちの主なるものを列挙してみると、次のようになる。

・「推理小説時代」（『婦人公論』昭33・5）→のち「推理小説の読者」と改題。
・「推理小説の発想」（『推理小説作法』所収、昭34）。
・「推理小説独言」（『文学』昭36・4）→のち増補のうえ「日本の推理小説」と改題。

・「私の黒い霧」（『小説中央公論』昭37・8）。

これらはいずれも『松本清張全集34』（昭49）に収録されており、現在簡単に読むことができる。ではそこで、清張はどのような主張や見方を展開していたのだろうか。

「推理小説時代」では、純文学や大衆文学・中間小説の不振が、女性を中心とする読者を推理小説に向かわせ、それが推理小説ブームの一因ではないかと指摘している。ただ、「今の推理小説」のままでは、多くの読者の支持は得られないだろうとも言っている。ではその「今の推理小説」とはどのようなものだと言うのか。

このトリックを主にした探偵小説を、日本では本格派と名づけ、それから外れたものを変格派と呼んだ。これも謎解き作家であった甲賀三郎の命名だったそうである。そういえば、『新青年』に拠った初期の日本創作探偵作家は、江戸川乱歩、小酒井不木、横溝正史、浜尾四郎など、みなトリックの考案者であった。ことに乱歩の初期の作品のそれは独創的で警抜である。

もちろん、推理小説が謎解きの面白さを骨子としている以上、トリックを尊重するのは当然である。これがなかったら、普通の小説とあまり変るところがない。（中略）読者にとって推理小説を読むたのしさはここにあるのであろう。

そこで推理小説作家はトリックの創案に憂き身をやつすのである。どうかして読者をあっと言わせたい。意表を衝きたいと苦心する。熱心な読者はまた、小説の解決の部分を閉じて、作者の

企図を推理し、犯人を見破ろうとする。作者は、そう簡単には破られまいとしてさらにトリックに工夫を凝らす。（中略）
それを否定するつもりは私は毛頭ない。それこそ推理小説だけがもつ特権であり醍醐味であるからだ。ところが、作者は競争相手の読者を念頭に置いて作品を書くために、いよいよ奇抜なトリックを案出して勝とうとする。そういう作者の脳裡にある読者とは、読み巧者の、専門的な、いわゆる「推理小説の鬼」と称する読者たちである。

それに続けて清張は、「現在までの、ことに戦後から今日までの、専門的な推理小説作家の作品活動は、大体このような傾向ではなかろうか」として、戦後の推理小説界をひとくくりにして、いわば一つの色に塗り固めようとしている。「このへんから、日本の推理小説は一種の同人雑誌的な狭い小説になってしまったようである。／トリックはいよいよ奇想天外となり、手品的となり、現実離れがしてくる」。

推理小説界をひと色に塗りつぶしたばかりでなく、清張は、それに、周到に「本格派」という呼称を与える。前出の引用部分にもすでに「このトリックを主にした探偵小説を、日本では本格派と名づけ」とあったのだが、優れたトリックは稀有であり、たいていは手品的に堕しがちであると述べたあとで、「現在、欧米でも本格派の行詰りが伝えられ、日本ではその絶望論さえある」という具合に、再度この呼称を用いている。

次いで甲賀・木々論争を紹介し、トリック重視の甲賀を再度本格派と念押しした上で、それは必然的に「児戯的」、通俗的になりがちであると決め付けている。

彼（甲賀―藤井）は早くもトリックを主とした本格派の本質を見極めていた。トリックとはそれほど現実から離れなければ設定できない性質のものである。以来、推理小説に限り、人物の類型化や世界の非現実性はあまり攻撃されないことになっている。（中略）
従ってトリックは児戯的となり、文章は形容詞過剰となる。このことが低い通俗性に結びつくのは当然である。

清張の論旨を追う限りでは、本格派＝児戯的、通俗的となってしまうのだが（しかも戦後はこれ一色）、ひと色・児戯的本格派という断定に続けて、見逃せないのは、こうした傾向を乱歩に代表させようとしていることだ。

（作者も読者も―藤井）はじめから作りごとであり、非現実を覚悟しているからだ。最後に名探偵が超人的な推理を働かして、難事件を解決する。これが本格派の一つの定型である。

まずこう述べておいた上で、何段落か先で、清張は周到に、乱歩の名を出してくる。

名探偵の出し方も、あまりに現実離れがしている。「何という神の如き明智（初出では名智と誤植―藤井）であろう」式の表現で、本職の警官や衆愚を尻目に、ひとりで超人的な活躍をする。読者は、この探偵に作者のロボットを感じるが、人間を感じることができない。

正確に言えば乱歩の名ではないが、もちろん「明智《めいち》」は一種の掛詞として機能して、明智《あけち》を連想させずにはおかない。「何段落か先」というのは、全集版で行数を数えると、二一行あとだが、ここに、あからさまな乱歩批判を避けようとした清張の周到な配慮をうかがうとしたら、それはうがち過ぎだろうか。しかし、いずれにしても、乱歩はここで完膚なきまでに否定されている。推理小説界を児戯的一色に塗りつぶし、それに本格派という名前を与え、その代表に乱歩を据える、といった周到な論理展開によって。

清張にとってほとんど最初の推理小説論である「推理小説時代」は、それ以前の推理小説をすべて「本格派」と呼んで全否定し、そこに乱歩を封じ込めるという当初の「目的」に全精力を使い果たしたあとは、添え物のようにお馴染みの結論をくっつけて、終わっている。すなわち、トリックから動機へ、人間描写へ、であり、それも「社会性」の加わった動機を、という周知のあれである。

実はこれ以降量産される清張の推理小説論、推理小説史論は基本的にはこの繰り返しに過ぎない。変わったことと言えば、攻撃に劇烈さが加わったことくらいだろうか。たとえば清張の推理小説論中ではもっとも知られている「推理小説独言」では、有名な、「探偵小説を『お化屋敷』の掛小屋からリアリズムの外に出したかったのである」とのマニフェストが鮮烈な印象を与える。「リアリズムの外に」はやや曖昧な表現だが、「外へ」、「リアリズムのほうへ」という意味に受け取られなくてはならない。最初の「推理小説時代」からすでに三年が経過しており、その売れっ子ぶりはもはや不動のものであり、それに裏打ちされた一種の自信が表現をエスカレートさせていったとも考えられる。乱歩評価に関しても、もはや遠慮はない。ある時期から通俗ものに走り、「氏の輝かしい生命はその時に終った」（「日本の推理小説」）と決め付けるのである。

6

乱歩は偉大な創作家であった。しかし、乱歩の特異性が時流に投じると、（事実、その時代は、そういうものを受け入れる退廃的な風潮があった。いわゆる満州事変の起る直前である）乱歩は通俗的な需要と妥協してしまった。当時の言葉で云うエログロを強調するために、その効果上、異常な雰囲気を設定しなければならず、それゆえに非日常性の舞台を用意しなければならなかった。かくて、乱歩のその出現当時新鮮であった市井的な要素は、跡方も無くなり、荒唐無稽な、一般庶民とは縁もゆかりもない世界が創られて行ったのである。(「推理小説独言」)

こうした一連の清張の戦略的な発言が、それ以前の本格対変格、本格派対文学派という見立ての後を受けて、有名な本格派対社会派という構図を生み出したのだが、見てきたように、そこには強引な一元化なり図式化があったことは否めない。実際は混沌としていたそれ以前の推理小説界を本格一色に塗りつぶし、それを児戯的として貶め、しかもその代表に、それ以前は必ずしも本格派とは見られていなかった乱歩を据える、といった論法がそれである。

実は、清張のこうした見立てに対して乱歩自身が面と向かって異議を申し立てたことがあった。乱歩編集の『宝石』誌上で連載の始まった「零の焦点」(のち『ゼロの焦点』。昭33・3〜35・1)の休載の穴埋めをすべく持たれた対談で(「これからの探偵小説」『宝石』昭33・7)、「全体に戦後の若い人たちが横溝正史の作風に強く影響されて、その亜流という感じのものが多いのは好ましくないですね」と、本格の亜流、すなわちその堕落したスタイルが蔓延していることに苦言を呈した清張に対して、乱歩はこう発言している。

江戸川　そういう点もあるけれども、しかしよく考えてみると、横溝流の本格派というのは非常に少ないですよ。大体日本の探偵小説は昔から変格が多かつた。ぼくなんかもその一人で、悪影響を与えているかもしれないのだが、ともかく本格派は非常に少ない。(後略)

両者の見解は、それぞれに、ここまでで確かめてきた両者の意見を正確に踏まえていたことがわかるが、結局ここでの対立は、ゲスト格である清張の次のような強引な物言いによって、一蹴されてしまう。

松本　本格派が非常に少いということは、いつかも書いておられましたが、ぼくの意味は、必ずしも本格派だけでなく、探偵作家一般の作風が、マンネリズムに陥つているということですよ。こしらえものが多くて、社会的な動機とか、雰囲気や人物のリアリティとか、そういう点が無視されている傾向がある。（後略）

おそらくここでの乱歩の控え目な抗議は、時期的に見て、先の「推理小説時代」における清張の理不尽な（乱歩にとって）整理をも視野に入れていた可能性が高いが、この時期飛ぶ鳥を落とす勢いの流行作家の旺盛な弁舌の前ではそれも無力だった。

ここでこの対談からうかがえる乱歩の「抗議」をもう一つ紹介しておくと、乱歩は一貫して清張らを「文壇作家」として遇していた。そのことは『探偵小説四十年』でも随所に見られるし、清張や福永武彦らを招いた座談会は文字通り「文壇作家『探偵小説』を語る」（『宝石』昭32・8）と題されていた。だとすれば、乱歩としては、ちょうど自分が本格派の代表とみなされたり、甲賀と同一視されたりすることに釈然としない思いを抱くのと似たような感じで、そうした「文壇作家」である清張がみずからを元々の推理作家であるかのように位置づけ、その上でみずからを一方の雄として後に社会派対本格派と呼ばれることになる構図を提出してきたことにも、釈然としない思いを抱いたのではないか。清張との対談で「文壇作家だといつて白眼視したりすることをしないで、同じ愛好者としてやつていきたいのです」と述べているのは、逆に、乱歩のなかで清張らを別世界の住人と見る意識が強かったことを裏側から証明しているように思われる。

いずれにしても、この時期の清張の一連の戦略的な発言以降、乱歩のこだわりにもかかわらず清張を「文壇作家」と見る見方はすっかり影をひそめ、児戯的なトリックを弄ぶ乱歩に代表される「本格派」に対抗し、それを凌駕する「推理作家」、という見方が定着することになるのである。みずからを内部の人間として位置づけ、その上で本格派と乱歩とを蹴落とし、推理小説界のヘゲモニーを握ろうとする清張の野心を、ここに見ることも可能かもしれない。

7

本格派と乱歩の封じ込めを狙った清張の一連の戦略的発言中にも、注意してみると、実はそれとは裏腹な評価が紛れ込んでいる。たとえば「推理小説独言」では乱歩の初期をこのように絶賛している。

そこへいくと、乱歩は、創作ものの輝かしい太陽であった。その初期の作品の人物には、たしかに人間性が出ていた。日常性と庶民性もあった。

例えば処女作といわれる「二銭銅貨」には、失業した二人の青年の希望のない生活が描かれている。「心理試験」では、貧乏な大学生が登場する。「D坂の殺人事件」では、しがない町の古本屋が舞台である。

こうした見方をさらに進めて「志賀直哉の短編の冒頭にも匹敵」とまで持ち上げたのが「解説」（日本推理小説大系第二巻『江戸川乱歩集』昭35）である。もちろん乱歩集の解説だからその分、割り引かなくてはならないが、それにしては他文とも矛盾はなく、かつここでは、後半期の通俗小説に関してさえも、「その面白さについてはそれなりに独自の領域を築き上げたものであり、爾後、輩出した彼の模倣者がとうてい及ばなかったことでも、彼の才能の非凡を示しているのである」と肯定している。清張の一連の発言中では、本格派と乱歩の封じ込めが表の顔であるとすれば、そこに紛れ込んだ乱歩肯定部分は一種のノイズでもあっただろう。しかし、そこからは清張の本音がうかがえるとも言えるし、「日常性と庶民性」をテコとして、乱歩から清張への文学的継承というテーマや、さらには乱歩文学総体の見直しという重要な課題を浮上させることもできる。

にもかかわらず、従来、評論家やジャーナリズム主導で行われてきた清張文学や推理文学の検討においては、清張発言の表の顔を鵜呑みにした把握が横行してきた。清張の一連の発言の背後にある野心やその戦略性を暴くことはもちろん、精読すれば聞こえてくるはずのノイズに耳を傾けたりすることも、なかった。その結果、あの社会派対本格派という一見もっともらしい史的把握が唯一絶対のものとして横行することとなったのである。そうした硬直的理解に対して最近、大塩竜也（「恐怖をまなざす目が問うてくるもの―松本清張『ミステリーの系譜』からの一考察―」『日本文学』平17・11）、大鹿貴子（立教大学修士論文「乱歩編集時代の『宝石』試論―社会派の盛衰を辿る―」平17）といった若い研究者たちが再検証の試みを開始しており、今後の成果が期待される。

ともあれ、昭和三十年代に大変な推理小説ブームが招来したと言っても、本格ものは「だんだんに衰微して」（清張「私の黒い霧」前出）いったわけで、少なくともこの時点での勝負の結果は社会派側の圧勝だった。

昭和四十年には森下雨村、江戸川乱歩、谷崎潤一郎と続けざまに、推理小説育成の功労者を失った。この三元老の逝去をもって、旧探偵小説時代は名実ともに、終焉を迎えたという感慨は蔽えなかった。同時にまた現推理小説は、社会小説化、風俗小説化が滔々たる風潮になっていった時期でもある。（中島河太郎「社会派の展開」、現代の推理小説第四巻『社会派の展開』昭46）

かくして、本格派と乱歩の封じ込めを企図した清張の野心的なたくらみは最終的にも見事な成功を収めた、というわけである。

清張一口メモ：乱歩と清張

乱歩と清張、何てスリリングで魅力的な顔合わせかと、つくづく思う。漱石と鷗外、大鵬と柏戸、ぐっとマイナーになって舟木と西郷、スピッツとミスチルなど、世に好敵手対決はさまざまあれど、これほどのものはそうそうあるものではない。

何より、これが「未完の対決」というか、両者が死力を尽くしてぶつかってはいない点がポイントで、それがこの対決をいっそう神秘的で魅力的なものにしている。とはいっても、この二人の生涯がすれ違いであったというわけでは決してない。乱歩が亡くなるのは昭和四十年で、いっぽう清張は昭和三十二年には「顔」で日本探偵作家クラブ賞を受賞しており、十年前後は活躍時期が重なっているのだから。

そればかりでなく、両者はしばしば仕事を共にしている。座談会で同席したり、有名な東都書房版の日本推理小説大系を他の何人かと編集しているし、『推理小説作法』（昭34）に至っては両者の共同編集だ。ただ、にもかかわらず二人はきちんと対決していないようにボクには見えるのだ。大御所と新進、といった立場の違いも大きかっただろうが、清張はもちろん、乱歩ももっと清張にいろいろ質《ただ》したかったのでないだろうか。かつて謎解きか文学かをめぐって木々高太郎と激しい論戦を交わしたこともある乱歩であってみれば、「推理と文学との融合に成功」（乱歩の清張評）などという単純な評語では片づけられないものを清張ミステリーに対して感じていたはずだ。

生前には二人の本格的な対決は見られなかったわけだが、といってもはや不可能かというと、必ずしもそうではない。これが文学のありがたいところで、二人の作品は今どうどうと我々の目の前にある。だとしたらそれらをつぶさに比較検討することで「未完の対決」を実現し、決着を付けることは十分に可能なのだ。

4章　「天城越え」は「伊豆の踊子」をどう超えたか

1

松本清張が純文学や純文学文壇をどう見ていたかは、清張文学について考える際に、ゆるがせにできない問題だ。彼らのありようを視野の片隅に入れつつ、清張がみずからの文学を打ち立てていったのだとすれば、なおさら、である。したがって清張文学の特質を明らかにするためにも、清張の対純文学意識を取り出して検証してみる必要がある。時期的にはとりわけ、その特質が徐々に確立されていった出発期（昭和三十年代半ばくらいまで）が重要だろう。

発言や論争類からそれに迫る道もあるが、他方では、作品そのものから対純文学意識なり、純文学のありようへのアンチテーゼとして打ち出された特質なりを取り出してくることも重要だ。たとえば、この時期にさかんに採用された多元的構成（複数の視点から事件の全貌を多角的にあぶり出していく）から、作者の分身である主人公に限りなく一元化していく日本型小説（私小説）へのキッパリとした批判意識を読みとる、といったような具合に。

日本型小説のもう一つの特徴としてよく言われるのは、描かれる世界の狭小さという点だ。もっぱら知的階層の（独り善がりな）精神世界や（暢気きわまる）日常世界のまわりを低徊するしか能がないとさえ思えてしまうような、その偏狭な作品世界。作者が知的階層出身が多いというのは洋の東西を問わず見られる現象なのだろうけれども、日本型小説においてはひたすら作者の分身に一元化していくために、描かれる世界や考え方、ひいては価値観すらも、その階層特有のものに限られてしまうのだ。

そうした知的階層固有の考え方や価値観につきまとう一種の高踏性、独善性、さらには傲慢さや差別意識への断固たる批判も、清張作品には頻繁に登場する。そしてその代表選手が、ここで取り上げる「天城越え」（『サンデー毎日特別号』昭34・11）だったのである。仮想敵は、押しも押されもせぬ文壇の大御所川端康成――向かうところ敵なしの勢いであったこの頃の清張にとって不足はない相手だ。

2

「天城越え」の仮想敵が天下の名作「伊豆の踊子」（大15）であることはある意味では一目瞭然だ。「伊豆の踊子」に対する過剰な意識が「天城越え」という作品の特徴の一つであることは、おおざっぱなかたちではすでにいろんなところで指摘されている。しかし、その徹底的なまでの意識ぶりは「対照的」などと評したのでは不十分で、さらに進んで、「伊豆の踊子」に対する完膚無きまでの批評性をえぐり出すところまで行かなくては、「天城越え」という作品本来の重みを正当に受け止めたことにはならないだろう。

たとえばその冒頭は、早くも「伊豆の踊子」の一節を引いて、こんなふうに書き出されている。

私が、はじめて天城を越えたのは三十数年昔になる。

「私は二十歳、高等学校の制帽をかぶり、紺飛白の着物に袴をはき、学生カバンを肩にかけていた。一人伊豆の旅に出かけて四日目のことだった。修善寺温泉に一夜泊まり、湯ヶ島温泉に二夜泊まり、そして朴歯の高下駄で天城を登ってきたのだった」というのは川端康成氏の名作「伊豆の踊子」の一節だが、これは大正十五年に書かれたそうで、ちょうど、このころに私も天城を越えた。

違うのは、私が高等学校の学生でなく、十六歳の鍛冶屋の倅であり、この小説とは逆に下田街道から天城峠を歩いて、湯ヶ島、修善寺に出たのであった。そして朴歯の高下駄ではなく、裸足であった。なぜ、裸足で歩いたか、というのはあとで説明する。むろん、袴はつけていないが、私も紺飛白を着ていた。

「ちょうど、このころ」に時期設定する必要は必ずしもないはずだ。それをあえてした上で、今度はいかに「違う」かを一つ一つ明らかにしてゆく。しかもそのやり方は、「高等学校の学生」ではなく、都会からやってきて天城を越えて下田に向かう側の人間でもなく、「朴歯の高下駄」とも「袴」ともまったく無縁の人間である、というように、いわば「伊豆の踊子」の「私」の無意識の階層的思い上がりを一つ一つ暴いていくかたちをとる。

こうした「私」の思い上がりは、分身の起源であるはずの作者・川端自身のそれとも直接間接につながっていたはずであって、そのことは、「伊豆の踊子」にそうした側面に対する相対化（自己批判意識）のまなざしが欠落していたことからも容易に見てとれる。

もっとも、この種の問題は、本来はあくまでも同時代読者の受け止め方を基準にして測られなくてはならないだろう。「私」の「思い上がり」もその時代の常識からすればやむをえない程度のものであったとしたら、それを後世の基準をもとにして一方的に指弾するのは、作品の遇し方としてはいささか筋違いだとも言えるからだ。しかし、たとえそうだとしても、他方で後世の読者は（当然、清張もその一人だ）、今の常識からすれば見逃しがたいその「思い上がり」を指弾する権利を保有している。そして「天城越え」が行使したのも、まさしくその権利にほかならなかった。

ここでは、「伊豆の踊子」に即してそこに見られる『私』の無意識の階層的思い上がり」が同時代の基準からすれば許容範囲内のものであったかどうかについてよりも、重点を「天城越え」のほうにおき、「伊豆の踊子」を仮想敵とすることで「天城越え」がどのような作品世界を構築していったかを中心に、見ていくことにしよう。

ともかく、「天城越え」冒頭に見られた反「伊豆の踊子」意識とそれに基づく批評性は、「天城越え」全編にわたって徹底して貫かれている。――たとえば、ミステリーとしての「天城越え」で重要な役割を果たしているものの一つに、「私」や土工の持つ小銭類がある。「伊豆の踊子」の「私」が、「このころの茶代は普通人で五銭か十銭、学生なら二銭でもよかった時勢」（土屋寛『天城路慕情』昭53）であったにもかかわらず、何と「五十銭銀貨を一枚」峠の茶屋で渡し、しかも本人の意識としては「一枚置いただけだつたので」というものであったのに対して、「天城越え」の少年が出奔の際に全財産として「帯に巻きつけて」いたのは、わずか十六銭に過ぎなかった。

しかもこの十六銭は、最初に道連れになった菓子屋から「パンを五銭ほど買って食べた」ために、「私の帯にはさんだ金は十一銭にな」り、さらに、続いて道連れになった呉服屋に「餅をご馳走してや」り、その「餅代に十銭を払」い、結局「私の帯の間には一銭しか残らなくなっ」てしまう。そのあげくに、道連れにしてもらいたいがためにごちそうしてやったはずの呉服屋も、修善寺のはるか手前で少年を一人残して去っていってしまったのである。

私は彼に餅をおごったのが損をした気がした。帯の間には一銭が残っているだけだった。

残金一銭が二度までも書きつけられていた点に注意しよう。こうした克明な、一種出納記録的な書き込みが、茶屋でいとも無雑作に五十銭銀貨をふるまい、あるいは芸人一家に投げ銭をしたり包み金を渡したりする「伊豆の踊子」の「私」に対する、さらにはその「私」と金銭感覚の面でも隠微なかたちでつながれていたにちがいない作者川端に対する、鋭い批評として機能していたことは言うまでもない。

それればかりでなく、このすねかじりの学生のふるまう五十銭銀貨は、「天城越え」においては殺人事件を「解決」に導く重要な小道具へと、変換させられてもいたのである。すなわち、事件前夜、行き倒れていた土工が、土地の青年らに「五十銭銀貨一枚を恵んで与え」られ、その五十銭銀貨が峠での女と土工との「媾合」の「代償」として「無一文」であった女の手に渡り（別にもう五十銭、計一円を女は土工より得ている）、さらに女はその五十銭銀貨二枚を事件当夜、宿泊代として湯ケ野の旅館に支払うという、入り組みようだ。そして女の風体を怪しんだ旅館側がその五十銭銀貨二枚を後日のために保存しておいたことから、最終的には、

　これを前記田方郡田中村の青年石森隆太に見せたところ、たしかに二十七日夜、木賃宿土谷方に泊めた土工に与えた五十銭銀貨がその一枚であると証言し、かつ、該銀貨について、錆の具合や、疵の個所について、その間違いでないことを指摘した。

というような思いがけない展開をとげ、女への殺人容疑が濃厚になっていくこととなる。

これが「伊豆の踊子」の「私」であったとしたら、自分の支払った五十銭銀貨の「錆の具合や、疵の個所」を克明に覚えているなどということが、ありうるだろうか。これに対して「天城越え」の登

場人物たちは、自分たちの血と涙と汗の結晶ともいうべき五十銭銀貨に限りない執着を抱き、命をかけたギリギリのところで、それを渡し、また受け取っている。さらに言えば、「錆の具合や、疵の個所」を覚えているほどの、したがってどう考えても裕福とは思われない地元の青年が、自分よりもさらに苦しい境涯にある人間に対しては、惜しげもなくそれを与えているのだ（！）苦労人作家・松本清張ならではの「美談エピソード」であると言わなくてはならない。

3

「天城越え」の「伊豆の踊子」に対する過剰なまでの意識ぶりは、小銭類の取り扱い方以外にも、随所に見ることができる。たとえば「伊豆の踊子」には、この頃走り出したばかりの自動車が〈板垣賢一郎『伊豆　天城路』〈昭45〉によれば、下田―大仁間の運行は大正五年開始〉、「私」が峠の茶屋で一休みしていると「山を越える自動車が家を揺すぶつた」、といった具合にさりげなく登場させられているが、「天城越え」でも、「下田自動車株式会社の黒田運転手」から峠近くの白橋付近に異変が見られるとの届け出があったことが、事件の発端となっている。

また、踊り子と「天城越え」の足抜き酌婦との対応は見やすいところだが、彼女たちはいずれも、「秘境南伊豆」のそのまた奥座敷ともいうべき大島へと落ちのびている。踊り子一行はもともと「大島の波浮の港の人達」であり、いっぽう酌婦大塚ハナは「大島の元町の飲食店某方に女中奉公している」といったように。

土工の登場は「天城越え」独自のアイディアのようにも思えるけれども、「伊豆の踊子」でも、下田港での私と踊り子との別れの場面で「土方風の男」が登場してきていたことを見逃すわけにはいかない。男は蓮台寺の銀山の鉱夫で、息子夫婦に死なれて孫三人とともに帰京する婆さんの船中での世話を私に頼みに来たのだが、出航前の婆さんを囲む五六人の鉱夫たちのいたわりの輪が、行き倒れの土工にとっておきの五十銭銀貨をためらうことなく与えた「天城越え」の地元の青年たちの連帯の輪と、オーバーラップするのである。

土工と言えば、川端の「伊豆天城」(『週刊朝日』昭4・6・9)と題するエッセイ中にはこんな一節が見受けられる。

さうした木賃宿の一つである甲州屋、窓へ屋根が覆ひかぶさつて、立つと頭がつかへるやうな屋根裏の部屋で、旅芸人は天城を背負つて越えた行李から――彼等は小鍋、包丁、皿、醤油、芝居の剣、かづら、踊衣装などを背負つて旅する。ちやうど朝鮮人の土工の移住のやうに。――私のために茶碗と塗り箸とを出してくれた。

「天城越え」の土工も、行李ならぬ「古トランクと風呂敷包みとを振分けにして肩にかつ」いで天城山中に向かって行ったわけだが、こうした流れ者という観点から見れば、「天城越え」の土工そのものが、実は諸国を流し歩く「伊豆の踊子」の芸人一行の私生児的な存在であった、ということも可能かもしれない。足抜き酌婦の大塚ハナと土工とが、いずれも「伊豆の踊子」の踊り子から派生したものだったのではないかという解釈だ。

ところで、南伊豆のあまりの交通の不便さを嘆いて、「大正の聖代に、依然として前世紀の生活を営みつつある」「死臥せるが如き賀茂郡」、だとか、「孤島的別天地」などという自嘲的評語を吐いたのは『南豆風土誌』（大3）だが、昭和三十六年十二月の伊豆急開通（伊東―下田間）の際に「伊豆の秘境へ〝第二の黒船〟」（『静岡県鉄道物語』昭56）などというキャッチ・フレーズが使われたことからもわかるように、川端が初めて天城を越え、「伊豆の踊子」を書いた大正時代はむろんのこと、清張が「天城越え」を発表した昭和三十四年当時においてさえも、南伊豆は天城山系によって隔絶された「秘境」と呼ばれるにふさわしい雰囲気を維持し続けていたようだ。

しかし、そのいっぽうで土屋寛が指摘するように（『天城路慕情』）、「陸の孤島ということは、反面、のびやかな一種の桃源郷を形成していることでもあ」って、だとすれば、「伊豆の踊子」も「天城越え」も、桃源郷たる南伊豆に、差別され迫害される流れ者としての芸人一行、足抜き酌婦、土工（もっとも、トンネルを抜けたところで殺されてはいるが）らが落ちのびてくる物語だと言うこともできるだろう。だが、全体として見た時には、彼らに関わっていく二人の「私」の位相のちがいが、二つの作品の性格をずいぶんとちがったものにしてしまっている。

「天城越え」と「伊豆の踊子」とのあいだに見られるさまざまな対照性のうちでも、二人の主人公の辿ったコースと境遇の対比は、もっとも目立つものの一つと言えるだろう。エリート一高生の「伊豆の踊子」の「私」は、ひらけた北側から、物珍しそうな目つきをした一人の異邦人として天城を越え、秘境＝桃源郷たる南伊豆へと足を踏み入れる。これに対して、下田の鍛冶屋の三男坊である「天城越え」の主人公の「私」にとって南伊豆は、秘境＝桃源郷であるよりも前に何よりもかけがえのない現実の生活の場そのものであり、都会に憧れて一高生とは逆にいったんは峠を南から北へと越えてはみたものの、結局はそこに引き戻されてしまっている（もっとも、何年かのちには再離郷しているが）。

こうした対照的な立場と方向性をもつ二人であってみれば、当然、そこへの関わり方やそこで出会った人間たちとの関係も、対照的なものとなってくる。「伊豆の踊子」では人物配置が、「私」、一般庶民（茶屋の婆さん、宿のおかみさん、芸人拒否の立て札の主体たる村人など）、旅芸人一行、といった具合に階層的に三層をなしているが、これに対して「天城越え」では、庶民にあたるところに鍛冶屋の倅である「私」がきて、その下層に酌婦、土工らの世界がある。「伊豆の踊子」における上層部がここではいともアッサリと切り落とされていたわけだが、それよりももっと重要なのは、「天城越え」の「私」が、「伊豆の踊子」の一高生や庶民たちの場合に見られたような、最下層の人々に対する無意識的／意識的な差別感情からほとんど自由であったという点だろう。

「天城越え」の「私」が修善寺のほうからやって来た女を一目見て惹かれたのは、決して「伊豆の踊子」の「私」のように、茶屋の婆さんの踊り子たちに対する差別意識に煽られたからではなかった。すなわち、金でもって「踊子を今夜は私の部屋に泊らせるのだ」といったような、おごりたかぶった傲慢な精神からではなかった。「天城越え」の「私」は、ただただ自分と対等な一人の女性の、その魅力のとりことなっていったに過ぎないのだ。

女はいろいろなことを話した。私の年齢を意識した話題で、とりとめのない内容だったが、その甘いような話し方は、私の耳にくすぐるような快さを与えた。それは、今までの私の環境にない声であった。

私は、湯ヶ島の向こうまで行って引き返してよかったと思った。そうでなかったら、この女と道連れになることはできなかったに違いない。暮れた天城の山道を、このきれいな女とふたりきりで歩くのかと思うと、私の胸の中には甘酸ぱいものがいっぱいに詰まった。

しかも「私」は十六歳という、当時であれば悪所通いの一度や二度はしたことがあっても不思議はないほどの年齢でありながら、邪心はつゆほども抱かず、純情を貫いている。すなわち、差別意識の有無の点で、さらには邪心の有無の点で、「伊豆の踊子」の「私」との対照は鮮やかなのである。

「伊豆の踊子」の「私」の、踊り子に対する感情の推移をめぐっては、踊り子が幼い裸身をさらす共同湯の場面で「私」の邪心が拭い去られたとみる見方があるようだが、それは相手が子供であることを知って、思い違いをしていたことに気づいたために性的欲望が萎えたに過ぎないので、身分や地位の上にあぐらをかいて下層の無力な女性を金銭で自由にしようとするも同然の「私」の高慢な姿勢までもが修正されたわけでは、決してない。

共同湯の場面について言えば、そのポイントは見せかけの「カタルシス」などにはなく、むしろ、むくつけき男のほうが旅館の内湯のなかに身を隠し、逆に女たちのほうが、下の小川のほとりにある半ば露天風呂に近い共同湯で裸身をさらさざるをえないという、高い／低い、隠す／さらす、の二点に象徴される差別の構造にこそあるはずである。

「天城越え」の「私」の女に対する感情が差別からも邪心からも自由で、純粋なものであり、「きれいな着物をきた若い女、白粉の匂いと柔らかい声、蒼然と暮れゆく天城の山中、その中に小さく浮いた、夕顔のような女の顔」への、ほのかな憧れのようなものがその中身であったとすれば、見てきたような「伊豆の踊子」に散在するうす汚れた情欲のうごめきに対応するのは、「天城越え」では女と土工との暗澹たる「媾合」場面ということになるだろう。

気の滅入るようなこの陰惨な性的場面の意味は、「伊豆の踊子」におけるすねかじりの学生に過ぎない「私」のよこしまな心、それも正々堂々の対等の立場からではないどす黒い欲望のかたちをあぶり出し、そうすることで、いわば「伊豆の踊子」の恥部とも言うべき秘められた性の主題を暴き出す結果となっている点にこそ、見いだされなくてはならない。

差別・蔑視ということに関連してもうひとつ言っておけば、酌婦や旅芸人らと同じように桃源郷へと落ちのびてきた土工は、結局そのとば口であえない最期をとげることになるわけだが、これとても、いわば浮浪者いじめ的な差別意識とは無縁のものであったことは確認しておいたほうがいい。確かに

「私」は当初、道連れとなった呉服屋から「ああいうのは流れ者だから、気をつけなければいけない。悪いことをするのは、あの手合いだ」と差別意識を植えつけられそうになったが、最終的に「私」が土工を殺害したのは、あくまでも「自分の女が土工に奪われたような気になった」からであり、要するに対等の立場からの純然たる嫉妬にかられてのものであった。

「中層」の民である「私」が、「下層」の民である酌婦や土工に対して、いかに差別や偏見から自由であったかがわかると同時に、「天城越え」のこうしたありよう自体が、少なくとも後世の目から見た時にはまちがいなく差別の文学としての一面を持つ「伊豆の踊子」に対する強烈な批判ともなりえていたのだ。

4

「天城越え」冒頭の、「伊豆の踊子」を意識し過ぎるほどに意識した諸設定からわかるように、一高生の「私」に対置されたのが鍛冶屋の倅である「私」であることは動かないにしても、もう一つの可能性として、「天城越え」の「私」を、「伊豆の踊子」の一高生が下田からの船中で一緒になった「河津の工場主の息子」である「少年」との対比のなかから生まれてきたものと考えることもできるかもしれない。

「入学準備に東京へ行く」この少年は、「天城越え」の「私」と同じ地元の人間でありながら、階層的にはむしろ一高生と同じ世界に属する人間であり、そうしたちがいが、徒歩で天城峠を超えての裸一貫の出奔と、暖かい学生マントをまといおそらくは母親の手作りの海苔巻きを持たされての船での上京、という対照性にも象徴的に表れている。

大正後期になっても、旧制高校入学者は五千人前後に過ぎなかった。同年齢者は百万人を超えていたのだから、大変なエリート集団だったわけである。だとすれば、同じ出郷とはいっても、旧制中学を卒業して今度は受験戦争を勝ち抜くための「入学準備に東京へ行く」河津の工場主の息子である少年と、おそらくは高等小学校を卒業しただけの、鍛冶屋の倅である「天城越え」の「私」とでは、その後の進路もずいぶんとちがっていたに相違ない。

「天城越え」の「私」は事件後、いったんは出郷を断念したものの、それからほどなく再出郷し（もと刑事の田島老人の言葉に「少年は土地を三十年も前に離れていました」とある）、おそらくは「静岡の印刷屋の見習工をしていた」長兄を頼って身を立て、三十数年後の今では「静岡県の西側の中都市で」「この辺では、大きな印刷所といわれている」工場を経営している。

それなりに堅実な人生航路とは言えようが、そうだとしても、進学のために上京し、一貫して陽の当たるところを歩き続け、エリート・コースをまっしぐらに突き進んでいったであろう河津の工場主の息子である少年の、その後の華やかな半生とは比べるべくもないだろう。一高生対鍛冶屋の倅、というメインの対比のほかに、こうした相反する二つの出郷のタイプをも対置し、その延長線上に二種類の対照的な人生航路を想起させるところにも、「天城越え」という作品の「伊豆の踊子」に対する執拗なまでの批評性をうかがうことができる。

こんなふうに考えてくれれば、「伊豆の踊子」のラストで一高生の「私」が、「天城越え」の心優しき青年たちともオーバーラップする鉱夫たちに見送られて船中の人となった婆さんを車座に囲んだ人々の輪のなかには入らずに（婆さんの世話を頼まれていたにもかかわらず）、「その隣りの船室にはいり、横に寝ていた、みずからの同類とも言える河津の工場主の息子のマントのなかにもぐり込んでいった必然性も、たいへんよくわかる。

しかし、たぶん「天城越え」の作者には、そうした中・下層の人々を切り捨てたところでのエリート候補生同士の湿潤な結びつきほど、唾棄すべきものはなかったはずであり、むしろ、まずはそのようなうさんくさい部分を切り落とすところから、清張はおもむろに自作を構想し始めていったにちがいない。たとえば、一高生をまず切り落とし、ついでその予備軍である工場主の息子をも排除し、そうしてその両者の対極的な存在として鍛冶屋の倅を着想する、といったような具合に。

「天城越え」が発表された昭和三十四年前後といえば、文豪川端康成の絶頂期であり、「伊豆の踊子」はその川端の押しも押されもせぬ代表作として遇されていた。いっぽう清張のほうは、ミステリー作家としては第一人者の地位は築いていたにしても、いわゆる純文学と非純文学との格差は厳然として存在していた時代である。そうした時期に、「伊豆の踊子」の一ページごとに不審紙を貼り、ありとあらゆる記述・設定をひっくり返すようなかたちで「天城越え」という作品を構想し、組み立てていった清張の気概には目を見張らせるものがある。

「天城越え」の冒頭をここでもう一度、想い起こしてみれば、そこには「川端康成氏の名作『伊豆の踊子』」（傍点藤井）云々という一節が、さりげなく埋め込まれていたことに気づかされるはずだ。このアイロニー（！）に留意すれば、「天城越え」対「伊豆の踊子」の関係は、「対照的」などと言っただけではもちろん不十分で、「批評的」のレベルすら超えて、もはや「戦闘的」とか「挑戦的」とか評すほかはないような域にまで入り込んでいたことがわかる。

これからほどなくして、いわゆる純文学論争の火ぶたが切って落とされることになるわけだが、その本質は、純文学が変質（推理・中間小説への接近）し、また逆に非純文学の側が純文学的要素を取り込むことで、両者の境界線が曖昧になってきた、というような単純なものではないだろう。むしろ「天城越え」の場合などに端的に見られたように、非純文学の作家たちが猛然と攻めの姿勢に転じていたことが重要なのだ。純文学という砂上の楼閣にたてこもっていた作家たちへの挑戦であり、文学のあり方をめぐっての根底的な問題提起が、そこにはあった。

清張の場合で言えば、「伊豆の踊子」の差別的独善的側面を鋭く衝いた「天城越え」はどちらかと言えば内容レベルでの挑戦であり、これと並行する小説の方法レベルでの問題提起は、私小説固有の一元性を排して多元的構成を試みた「顔」（昭31）とか「一年半待て」（昭32）、「地方紙を買う女」（昭32）などの短編群がその実験場となった。闘う作家松本清張の昭和三十年代は、かくして豊饒な実りの季節を約束されたも同然だった。

5章　清張と純文学派

――対決の構図――

1

『砂の器』（『読売新聞』夕刊、昭35・5・17〜36・4・20、昭36刊）のなかに登場し、怪しげな動きをして読者を幻惑する「ヌーボー・グループ」が、この頃、安保改定を阻止すべく若い芸術家たちが結集した「若い日本の会」を想起して書かれていることは明白だろう。江藤淳、石原慎太郎、大江健三郎、武満徹、浅利慶太らを中心とするメンバーは、時にイギリスのそれにならって「怒れる若者たち」と呼ばれたり、『三田文学』企画のシンポジウム「発言」を企てた（のち単行本『発言』を刊行、昭35）ことからシンポジウム発言グループと呼ばれたりもしたが、当時もっとも先鋭的かつ実力者ぞろいの若手集団として、広く知られていた。

『砂の器』のなかでのヌーボー・グループの描かれ方を見てみよう。

今西が観察すると、その一団の中心になっているのは四人の人物だった。彼らはあきらかに東京の人間のようだった。わざと無造作な格好をしているが、その服装を詳細に見れば、一つ一つが選択された衣服であることはすぐにわかる。つまり、無造作なオシャレだった。こういう種類の人間は文化人に多い。

実際、その四人の男たちは、髪を長くしていたり、ベレー帽をかぶったりしていた。年齢はいずれも三十歳前後と思われた。（中略）

「いろんな人が集まっているんです。いわば進歩的な意見を持った若い世代の集まりと言った方がいいでしょうか。作曲家もいれば、学者もいるし、小説家、劇作家、音楽家、映画関係者、ジャーナリスト、詩人、いろいろですよ」（中略）

「そうなんです。今、女の子に聞きましたがね、あそこにいる黒いシャツを着たのが作曲家の和賀英良、その隣りが劇作家の武辺豊一郎、評論家の関川重雄、画家の片沢睦郎といった連中ですよ」（中略）

「いわば彼らは新しい時代の脚光を浴びているマスコミの寵児ですから、土地の新聞社があんなに騒いだわけですね」

「なるほど」

今西は無関心だった。彼と彼らとの間には遠い距離がある。だから、彼はその話を聞いたあと欠伸をした。〈第二章　カメダ〉

蒲田のバーで殺人の被害者と加害者とが「カメダ」と口にしていたことから、秋田の羽後亀田に担当刑事の今西と吉村がおもむいた折に彼らと駅で鉢合わせした場面である。ここで紹介されているヌーボー・グループは四人だけだが、あとのほうを見ると、まだ他にも、建築家の淀川竜太、演出家の笹村一郎らがいる。第三章ではバーで、どこかの大学教授らが彼らを目撃することになるが、そこで連れの助教授と交換される彼らについての世評も、なかなかのものだ。

「みんな三十前ですがね、近ごろの若い世代を代表してるようなグループです。在来のモラルや、秩序や、観念を一切否定して、その破壊にかかっている人たちです」（中略）

「先生の目にも触れるくらいに、最近のマスコミにおける彼らの活動は、花々しいものですよ。ほら、ここのマダムの前にすわってる、髪の毛のもつれたような男が、作曲家の和賀英良です。彼の芸術もまた、在来の音楽について破壊を試みているんです」（中略）

「みんな先生だね」

教授は、皮肉な笑いをした。

「あの若さで先生と呼ばれるのは偉い」

「今では何でも先生です。暴力団の幹部でも先生ですからね」

ちょっと引用してもすぐわかるほどに、彼らへの扱いは冷淡だ。欠伸をする今西といい、暴力団になぞらえる大学教授たちといい、彼らの若さは苦々しさの対象にしかなっていない。バーの場面ではそこに和賀のフィアンセで、政治家の田所重喜を父に持つ女流彫刻家の佐知子が現れるが、それを目撃した「別のボックスの重役」の反応はこうだ。

「ああ、田所重喜……」

重役は、若い芸術家たちの名前は知らなかったが、前大臣の名前が出て、急に驚嘆した目つきになった。

一貫して、清張の彼らを描く手つきは冷淡なものであったと言えるだろう。ところで、彼らの職業がここまであからさまに書かれていると、先の「若い日本の会」、「怒れる若者たち」、「シンポジウム発言グループ」（三つともだいたい重なるが）のメンバーたちと付き合せるのもそれほどむずかしくはない。その前に、シンポジウム発言のグループを、『発言』に付された江藤淳の「序　討論の意図について」に基づいて紹介しておくと、「浅利慶太（演出家）、石原慎太郎（作家）、大江健三郎（作家）、城山三郎（作家）、武満徹（作曲家）、谷川俊太郎（詩人）、羽仁進（記録映画監督）、山川方夫（作家）、吉田直哉（NHKTV「日本の素顔」プロデューサー）および私（江藤―藤井）」となる。

このなかで特に結びつきが強いのは、前衛音楽の「ミュージック・コンクレート」を駆使する和賀と武満の関係だろう。安智史「音楽殺人の時代的過程―菊池寛大衆長編小説から松本清張『砂の器』

へ――」（『第1回松本清張研究奨励事業研究報告』平12）によれば、従来和賀のモデルとしては黛敏郎なども挙げられているが、シンポジウム発言のグループを重視すれば武満となろう。ちなみに『サンデー毎日』（昭33・3・9）に掲げられた「けっこう食える前衛派」という記事によれば、ミュージック・コンクレートの代表的音楽家は黛となっているが、『発言』の武満の紹介には、「日本人の情緒的な音楽鑑賞態度を批判し、音を媒体とした創造精神の具体化としての音楽芸術確立を目ざし、ミュージック・コンクレートの方法による作曲活動をつづけている」とあって、こちらも資格としては不足はない。

2

実は本章で問題にしたいのは、和賀のほうではない。関川のモデルは誰なのか、というか、読者は関川から誰を連想しただろうか、ということのほうなのである。これも和賀↓武満の要領で推測すれば、関川の職業は評論家であり、「当代の有名な文明批評家」の川村一成と論争していた（第三章）というくらいだから、評論とは言っても文芸評論家であり、だとすれば、モデルは江藤淳ということになる。安智史は前掲論文で音楽評論家をモデルに想定しているが、それでは評論の守備範囲が狭いように思う。

従来、和賀については何しろ真犯人ではあり、言及されることも多いが、この関川（江藤淳？）に関してはほとんど言及されることがない。ところが、十ヶ月という長期の新聞連載において、全十七章のうちの第十四章の途中までは、誰あろう関川がもっとも有力な容疑者であったのである。

秋田県横手市出身の関川の過去について横手市役所や警察署に問い合わせたものの、はかばかしい結果を得られなかった今西は、にもかかわらず第十二章の冒頭で、関川と東北訛り、関川の蒲田への土地勘、自分で自動車が運転できる、返り血のついたシャツを始末した劇団事務員の成瀬リエ子との関係の可能性、有力な証言者となるはずであった宮田が死んだ場所と関川の自宅との近接、などに想いをめぐらし、関川への疑いを深めている。

この疑いが解消されるためには、第十四章で、和賀の舅となるはずの田所と伊勢の映画館主とが同郷であることに気づくところまで待たなくてはならない。その間、読者は関川犯人説への疑いを深めながら、ある種うさんくさい思いを関川に対して抱き続けるのである。そもそもヌーボー・グループ全体が悪印象を与えるように造形されているのだが、そのなかでももっとも悪く描かれているのが、関川なのである。なにしろ、第十四章までは重要なダミーとして犯人役を割り振られ、それに見合った悪役ぶりを発揮しているのだから。これに対して和賀のほうは、いわばダミーの反対で、真犯人でありながら読者には一見そうは見えないように描かれているから、それほどのワルには見えないのだ。

さて、ここで話は、現実の清張とシンポジウム発言グループ、さらには清張と江藤淳との関係に、突如として跳ぶ。シンポジウム発言グループを清張が快く思っていなかったであろうことは、彼らをモデルとしたヌーボー・グループについて「こういう種類の人間は文化人に多い」とか、「今西は無関心だった。彼と彼らとの間には遠い距離がある。だから、彼はその話を聞いたあと欠伸をした」、

「今では何でも先生です」などと言っていることからも明らかだろう。ばかりでなく、ヌーボー・グループのなかに犯人がいる、とまですることで、不快感はほとんど嫌悪にまで達していたことが明らかとなる。それでは清張は江藤淳に対してもこの種の嫌悪感を抱いていたのだろうか。

実は清張は江藤にしばしば嚙み付いた前科がある。もっともそれは、『砂の器』の完結後のことだけれども。あるいは、うがった言い方をすれば、この作品のなかの関川の扱いにその予兆は現れていたとも言えるかもしれない。昭和四十年十一月、いろんな作家が交代で担当する「文芸時評」の欄に清張は「文壇小説の陥没」というタイトルで激烈な江藤批判を寄せている（『文学界』）。この頃、『文学界』に連載中であった江藤の「文学史に関するノート」の歴史考証のあいまいさをあげつらったのである。

江藤淳氏の「文学史に関するノート」（『文学界』）という連載ものの第五回目に当る「三つの都市」というのが目に入った。連載途中なので、江藤氏の主張がはっきりするのは完結を待ってからでないと分らないが、たまたまその冒頭あたりの文章を読んでみた。

と切り出した清張は、江藤が「三つの都市—文学史に関するノート（連載第五回）—」（『文学界』昭40・10）のなかで、聖堂が湯島に移転する以前の上野忍ケ岡の学寮は「田園の、というよりは曠野のなかに建てられた大学であった」としたり、「浅草、鳥越の側には千束池の湿地帯がひろがって、人家の跡もきわめて稀であった」、「西北の駒込、本郷にかけての台地は、まだ文字通りの武蔵野の曠野で」とか、「たとえばある秋の日、板橋の宿を発って江戸へいそぐ旅人は、武蔵野特有の空の鳴り渡るような豪壮な夕焼けと相対して、早くも暮れかけた東の丘の上にこの忍ケ岡の学寮の灯がともるのを見たかもしれない」などとしたあたりを取り上げて、それらがいずれも当時の江戸の実態とはかけ離れたものであることを、例証付きで批判する。

いわく、上野忍ケ岡にはすでに大名の下屋敷などもあったし、浅草あたりにもすでに町家が開かれており、本郷台地も寛永頃には曠野などではなく、何よりも、朝、板橋を発てば二、三時間で日本橋まで着いてしまい、夕焼けの頃に上野の学寮を見ることなど不可能、等々といった具合である。もちろん、清張の意図は一つ一つの論難にあるわけではなく、何を若輩者がわかったようなことを（当時、江藤は三十二歳、シンポジウム発言の頃だと二十七歳であり、十分にヌーボー・グループの資格がある）、というような気持ちであったにちがいない。事実、この文章は、一つ一つの論難のあとは、次のような総括で締めくくられているのである。

> 大体、この連載の文章は高踏的評論というのか、ところどころ文意のよく分らぬ箇所がある。私の知能のせいかもしれないが、前々号のこの欄で発表された堀田善衛氏の批判（堀田の「余裕なき批評への不満」〈『文学界』昭40・9〉のこと――藤井）を私も想起するものである。
>
> 氏は、この第五回では明暦後の江戸市街の模様がどうの、大坂がどうのと書いているが、こん

なことはどの風俗史にも載っていることで、氏の仰々しい文章で長々と聞かされることもないのである。（中略）

完結してみなければ分らないが、今までのところでは、江藤氏はこれらの考察をじっくりと自前のものとして掘り下げる、又は、深く研究（勉強といってもよい）することもなく、その途上のものを性急に発表したという感じである。

「高踏的評論」と言うあたりに、今西の「こういう種類の人間は文化人に……」を重ね合わせたくもなるが、若さや、そこから来る未熟さ、世間知らずぶりへの冷笑的態度は、清張と今西とに共通するものだったのではないだろうか。

3

清張のこの論難はその後、江藤の反論（『文学界』〈昭40・12〉の「道行の構造・近松門左衛門・Ⅱ――文学史に関するノート（連載第七回）――」の「附記」）を呼び、それに対して清張はさらに「乗客の心配」（『文学界』昭41・1）できり返したが、要するに、「運転中の運転士には話しかけない」原則の厳守を江藤が説いたのに対して、清張は「資料関係についての疑問」はそれにはあたらないと反論したのである。読み比べてみると、両者の言い分にはそれぞれにもっともな面があり、判定はつけがたいが、江藤にしては珍しく、この長編評論を長いあいだ本にすることがなかった。清張への気兼ねともとれなくはないが、にもかかわらず二十年ほど経って刊行した際には（『近代以前』昭60）、内容にはほとんど手を加えていない。清張の論難などは取るに足らないとの判断があったのだろうか。

ところで清張はこの一、二年後にもう一度、江藤に噛み付いている。今度もやはり古典がらみの苦言だ。全文を引いてみよう。

頃日、ある新鋭評論家が世阿弥の「風姿花伝」書にある、二十五、六歳のころに「時分の花」を咲かせなければ、三十二、三歳のころに人から名人といわれるようにはならない、という句を引用し、若い作家を叱咤していた。この評論家の解釈にもヘンなところがあるが、それより、能役者と作家の修行とをいっしょにするのはおかしい。能役者は七、八歳のころから稽古をはじめるので、げんに「風姿花伝」書には七歳の頃から説き起している。評論家の引用のデンでゆくと、作家は七、八歳のころから小説を書きはじめなければなるまい。——引用の適否をあやまると、説得力が台なしになる。（「私のくずかご1」『オール讀物』昭42・5）

名前は伏せてあるが、世阿弥を持ち上げた新鋭批評家というのは江藤のことで、批判された文章のタイトルは「『世阿弥』に思う」（昭41・1、『旅の話・犬の夢』所収、昭45）という。この時期の江藤を「新鋭」と呼ぶのもどうかと思うが、それにしても清張の論難は執拗だ。よほど虫の好かない相手だったのだろうか。もっともボクはそれ以上のことを想定しているが、それについては後述するとして、清張は、この「私のくずかご1」の次号の二回目で、「三田村鳶魚式」云々と言っている。江藤への論難の仕方が三田村鳶魚のやり口のようだと読者から教えられたというのである。そして実は清張も三田村鳶魚式には詳しいらしいことがその先を読んでいくとわかる。

鳶魚は時代の考証に一生を通したような人である。(中略)もっとも、鳶魚の資料は俗書から取ったのが多く、歴史学者のなかにはあまり正確でないと批判する人もある。

鳶魚に「時代小説評判記」というのがある。昭和十年代の時代物作家を総なめにして考証的にやっつけたものだ。批判というよりも悪口に近い。

以下、鳶魚による論難例を、島崎藤村に対して、吉川英治に対して、直木三十五に対して、三上於菟吉に対して、と延々と引用していく。江藤批判から鳶魚式へ、さらには鳶魚による悪口例へ、という流れから思うに、清張はこの時、一年半余り前のみずからの江藤に対する論難を想起していたにちがいない。そしてそれが鳶魚式の「悪口」とも言うべきものであることをも十分に自覚していたのではないか。だとしたら、なぜ清張はこれほどまでに執拗に江藤に噛み付いたのか。先に、虫が好かない以上のことがそこにはある、と予告しておいたが、このあたりからいよいよ「清張と純文学派」の核心に入る。

4

江藤が批判されたのは、彼が純文学を代表するエリート評論家であったからではないだろうか。本書所収の「『天城越え』は『伊豆の踊子』をどう超えたか」では文壇の大御所である川端への執拗なまでの攻撃を見たが、おそらく清張には、江藤が、たとえ今は若くとも、やがては文壇や評論界で川端に匹敵するほどの存在にのし上がっていくであろうことがわかっていたのだ。事実、江藤は若くしてその道を駆け上がって行ったのだから。

状況論や推測以外にも、このこと（＝純文学派の代表的論客だから批判した）を裏付ける証拠がある。たとえば、清張が江藤の近世文学史を論難した文章はなぜか「文壇小説の陥没」と題されていた（『文学界』昭40・11）。なぜ江藤批判が文壇云々となるのか。清張のこの文芸時評を初出で見ると、四つの小見出しが見られる（全集では省略）。「江藤淳評論への疑点」、「『純文学』への錯覚」、「作品発表の舞台」、「濃厚な文壇意識」の四つがそれだ。江藤淳批判が文壇批判にリンクされ、もろに清張の文壇・純文学批判の姿勢が露頭した格好となっているのである。

かりにこれらを1、2、3、……と呼び分けると、1についてはすでに紹介した。2では純文学雑誌に載る小説の低調ぶりが槍玉にあげられている。読者など念頭になく、批評家にほめられようとして書き、批評家の勘違いでまちがってほめられたりすると増長し、やがて自滅することが多い。いずれにしてもそんなものは卑小な「文壇小説」に過ぎない。3では、「『純文学』の旗手三島由紀夫氏」

の場合が例に挙げられている。書き下ろしの純文学のつもりで書いたものがどういうわけか週刊誌に分載されたために、黙殺されてしまった。すなわち小説の価値は発表舞台に左右されているのではないか。文芸雑誌を意識した文壇小説には最近「青年層の自己喪失」ものが多いが、自然主義の焼き直しのような作品がほとんどだ。これに対して川崎長太郎の作は私小説的な演技はなくて好感が持てるが、単なる小市民を描いたに過ぎないとされる。

4ではその「演技」について論じている。対文壇的演技の代表者として亡くなったばかりの高見順を挙げ、文壇を意識し過ぎた純文学作家の代表であると言っている。清張の同情はより多く「文壇小説らしからぬもの」に向けられるが、それらにはそれらなりの欠点もある。「文芸雑誌に書く作家は、何を書いているのか分らずに手探りしているような陥没状況に見える」というのが結論であり、「文壇小説の陥没」というタイトルもここから来ている。要するに、文壇批評家のホープたる江藤淳批判に始まって文壇批判、純文学批判に終始した内容であり、江藤淳の考証力不足への批判が、文壇批判という大きな文脈の一部をなしていることがわかる。前章で見た「天城越え」時代から一貫した清張の姿勢が、ここに見てとれるのである。

5

ところで、川端、三島、高見、と来れば、周知の中央公論社「日本の文学」事件（昭38）を想起しないわけにはいかない。時期的にも、昭和三十四年の「天城越え」と昭和四十年の「文壇小説の陥没」とのあいだにそれは位置している。この間、清張は一貫して純文学攻撃を続けたが、同様のことが、純文学の側にも言えるにちがいない。高見順とのいさかい、同じく文壇派である大岡昇平との論争、そして一面ではそれらの帰結でもある「日本の文学」からの排除、という苛烈な闘いがその間にはあったのだ。

『高見順文壇日記』（岩波同時代ライブラリー版、平3）をひもとくと、「日本の文学」編集の舞台裏が手に取るようにわかる。以下、関連の記事を拾ってみよう。

中央公論、嶋中社長から電話。同社からも文学全集を出す。その編集委員になってほしいと言う。川端、伊藤、大岡、三島、それに谷崎潤一郎といった顔触れ。（昭38・5・29）

迎えの車で虎の門、「福田家」へ。中央公論社「日本の文学」編者の会。川端、伊藤、大岡、三島。作家の選考。十一時までかかった。

「今までは被害者だったが、今度初めて加害者になれて、いい気持ちだ」と大岡君が冗談を言ったが、私も同感。（昭38・6・4。このあとに筑摩の全集で高見が武田麟太郎との二本立てになったことが記され、憤慨して、夫人が電話で筑摩におりると通告したことが記されている――藤井）

嶋中社長、高梨出版局長来る。全集の件。

松本清張を全集からおとしたが、考慮してほしいと言う。編集委員会は全員、松本清張を純文学作家ではないということで、おとすことに一致したのだが、社では「世界の文学」の宣伝の際に同氏に大変世話になった義理があると言う。

今東光氏、獅子文六氏、大仏次郎氏等も考慮してほしいと言う。（昭38・7・13）

迎えの車で福田家へ。中央公論社の「日本の文学」編集委員会。今日はキーンさんも出席。松本清張君を入れるかどうかが、大問題になった。嶋中社長はみなの家を訪れて、入れてほしいと頼んだのだが。

三島君がまず強硬意見を述べる。大岡君も、入れるのに反対する。

社側は大仏次郎、獅子文六、今東光も考慮してほしいと言うのだが、問題は専ら松本清張にしぼられる。社の人たちが別室へ行って協議する。その留守に三島君が、松本を入れろと言うのなら、自分は委員をやめるつもりだ。全集からもオリるつもりだと言った。

三島君というのは立派な男だ。社の人々が別室から戻って、松本清張を二本立てということで譲歩してくれぬかと言う。二本立て、一本立てということでなく、入れるか入れぬかという問題だ。入れれば、この全集の性格がすっかり変わってしまう。三島君は「責任が持てぬ」と言って、委員辞退を口にする。川端さんが、やっぱりそれでは入れないことにしたらどうですと言う。これで結論が出て、社側も折れた。（7・16）

「純文学作家ではない」云々というように純文学というものを勝手に定義して、かつそれを神聖視し、かつそうした振る舞いを当然のことと考える、という彼らのやり口に驚かされる。別なところで高見が三島を指して「私たちが死んでも、純文学というものをちゃんと継いでくれる人がいる」（同前、9・21）などと言っているのも、どうかと思うが、他方では、他作家との二本立てだからといって全集の企画から下りたりとか（結局筑摩のそれは「武田・高見」から「武田・島木・織田」になった）、「賞などどうでもいいとは思うものの」やはり「賞をもらうことで人々にも認めて貰いたいのだ」（同前、8・7）という、いじましい思いとか、この頃ならではの純文学文壇という特殊な世界のゆがんだ光景が、この日記からは浮かび上がってくる。

6

ひょっとすると、純文学の「基準」に照らして清張文学の価値を云々する以前に、清張は忌避されていたのかもしれない。実は清張はこれ以前に、のちに「日本の文学」の編集委員となる作家たちと激しくやり合ったことがあったのである。前章で見たように川端に対しては「天城越え」でその高踏性や独善性を完膚なきまでに批判していたし、だとすればそれは川端直系の三島をも批判したも同然だ。

そして、大岡、高見となるが、大岡には周知の「松本清張批判―常識的文学論(12)―」（『群像』昭36・12）なる論争文があった。この大岡文をめぐっては曽根博義が的確な整理をしているが（「松本清張と文壇―大岡昇平の『松本清張批判』をめぐって―」清張記念館版『松本清張研究』平13・3）、要するに大岡は、伊藤整が清張や水上勉を評価した（「『純』文学は存在し得るか」『群像』昭36・11）ことに異議を唱え、清張作品の根底に「作者の性格と経歴」に根ざす「ひがみ精神」を見出すとともに、『日本の黒い霧』などは予断に基づいた「ロマンチックな推理」の所産に過ぎないと論断したのだった。

これに対して清張は「大岡昇平氏のロマンチックな裁断」（『群像』昭37・1）において、自作の根底にひがみが潜んでいるとの邪推に対して抗議するとともに、『日本の黒い霧』の推理に一定の有効性があることを主張することで、大岡の一面的で杜撰な論法を一蹴している。前掲論文で曽根は大岡の論を「いささか子供っぽい批判」であるとした上で、「文壇における淫祠邪教（清張らのこと―藤井注）礼拝者の撲滅を企図した大岡昇平自身が、逆に、文壇教、『純文学』教」の「狂信的な信者」であったと述べているが、前章で見た「天城越え」による「伊豆の踊子」批判や、前出の「文壇小説の陥没」における純文学批判などの場合と同じく、どう見ても軍配は清張のほうに挙げざるをえないようである。

同じようなことは、高見順との場合にも言える。「小説のなかの『私』への疑問」（『群像』昭35・7）はいかにも清張らしいきっぱりとした純文学批判であるとともに、高見順批判ともとれる文章だが、そこで清張は世の中に蔓延する、作者不在との理由で「面白い小説」を非難する風潮に疑問を投げかけている。ということはつまり、「作者」の有無を体験の利用の多寡と勘違いして、「アウト・ローを任じた生活をし、女出入りの絶え間のない」日々の独り善がりの「苦悩」を特権的に書く、私小説家的ありように疑問を呈している、ということにほかならない。

そして清張はこの文章の後半で、高見が座談会で清張がかつて言ったことをゆがめて紹介したことに触れて、「もし高見氏に、そのとき、私に対する忠告がこのような下心があってのことだったら、実際『人が悪い』と云わねばならない。これをしもアウト・ロー精神と呼ぶのだろうか」と、不信感を露わにしている。言うまでもなく、「アウト・ロー」云々はここでは〈ダメな私小説家的ありよう〉を指しており、清張は高見をそのように捉え、批判したのである。

ここで紹介された、高見と清張とのかつてのやりとりにおいても、高見は清張の多作ぶりに驚嘆していたらしいが、前出の『高見順文壇日記』においても、清張といえば「乱作」、といった具合に、何かというと盛んにそのことを持ち出している。高見のなかに無意識のうちに、多作を貶め、寡作を持ち上げようとする意向が働いていたためと思われるが、そうした一面的な極め付けこそは、清張が疑問を投げかけた〈ダメな私小説家的ありよう〉にほかならなかったわけで、そうだとしたら、この勝負の場合も勝敗の結果は明らかだろう。

「日本の文学」事件には、見てきたようにいくつもの前哨戦があったのである。エッセイ類を収めた『松本清張全集34』（昭49）を見ていくと、「天城越え」以前にも、「小説のなかの『私』への疑問」とほとんど同趣旨のことを述べた「小説に『中間』はない」というような文章も見られる。面白かったり、物語的だったりすると低く見られがちな風潮への疑念を表明した文章である。これが昭和三十三年の発表だ（『朝日新聞』昭33・1・12）。この延長線上に、本章で見てきたものだけをつなげていっても、「天城越え」、「小説のなかの『私』への疑問」、「大岡昇平氏のロマンチックな裁断」、そして「文壇小説の陥没」と、清張の純文学攻撃は一貫しており、かつ徹底的だ。

純文学陣営が動揺・激怒したのも無理はない。だとしたら「日本の文学」事件とは、「文学として認められない作品だから『仲間入り』がありえなかった」（『高見順文壇日記』〈昭38・3・19〉が他作家を評した言葉）事件などではなかった。清張と純文学派とのいささか一方的な（理はもっぱら攻撃する清張の側にあり）、しかし表面的には相譲らぬ互角の激烈な戦いを象徴する事件だったのである。ミステリー文壇においては本格派の領袖たる乱歩をたたき（「清張と本格派」参照）、返す刀で、川端を総帥とする純文学文壇に斬りかかる清張の壮絶な闘いは、いつ果てるともしれなかった。

清張一口メモ：「或る『小倉日記』伝」

「或る『小倉日記』伝」は第二八回芥川賞受賞作だが、昭和二十七年九月の『三田文学』に発表されたこの小説が最初は直木賞の候補作品であり、その選考に洩れて芥川賞の審査にまわされてきた結果の受賞であったという逸話は有名だ。

このことは、大衆性と文学性との両立という、日本人の作家としては稀有な特徴を当初から清張文学が具備していたことの証明でもあるが、そもそもこの段階では清張はミステリー作家ではなかったということも忘れてはなるまい。年譜を見ればすぐにわかることだが、処女作の「西郷札」にしても、「火の記憶」や「断碑」、「石の骨」といった小説にしても、実態はミステリーとはほど遠い。

にもかかわらず、芥川龍之介や菊池寛に学んだ清張の小説にはミステリー的サスペンス的な面白さがつねにあった。「或る『小倉日記』伝」の場合で言えば、主人公の耕作の死と入れ違いにそれまで行方不明だった鷗外の「小倉日記」が発見され、耕作の努力が水泡に帰すというような設定がそれだ。こうした特質がのちに清張を押しも押されもせぬミステリー作家へと押し上げていくことになるのだが、そうなってからでも、「或る『小倉日記』伝」の伝便屋の描写に見られたような叙情性や文学性は失われることはなかった。

その意味では清張は生涯を通して二つの文学賞のあいだを自在に行き来した作家であったと言うこともできる。

Ⅲ　清張ミステリーの多彩な実践

6章　迷宮としての「地方紙を買う女」

1

小説を読む目的・理由や、読み方は、人により場合によりさまざまであり、暇つぶしや流し読みもありうれば、教師や評論家のように、せつないお仕事として、重箱の隅をつつくような読み方もありうるだろう。その場合大事なのは、人のやり方を否定しない＝自分のそれを絶対化しない、ことだろうが、そうだとしても、一度も「重箱の隅をつつ」かれたことのない小説があるとしたら、やはり、何とかしたくはなる。

「何とか」と言っても、それほど大げさなことを指しているわけではない。小説内部に張り巡らされたさまざまな仕掛けを慎重に吟味しながら小説を読み解いていくという、ごくごく当たり前のことを、どの小説にも、平等に、と言うに過ぎない。ところが、そうした最低限の待遇すら受けていない小説が、世の中には少なくないのである。過疎と過密の文学版のようなもので、考察が少数の著名作品に集中するという情けない傾向の副産物である。そしてその過疎地域を形成するのが、従来は通俗的とみなされてきた作品群なのである。

これはある意味ではエンターテインメント系の作品の宿命のようなものかもしれないが、清張ミステリーの場合もその例に漏れず、微に入り細にわたっての読みの実践はこれまでほとんどおこなわれたことがなかったと言っても言い過ぎではない。たいていは表層をひとなでしてそれで終わりなのである。その意味では清張ミステリーという巨大な山脈は、未だ読み解かれたことのない「未踏峰」だらけの文字通りの「ミステリアス」な（神秘の）山々なのだ。

ましてや、方法不在の私小説的風土に反旗を翻した木村毅『小説研究十六講』（大14）の直弟子を自任する清張であってみれば、読む側としてはとうぜんその書き方や伏線、仕掛け等に敏感でなくてはならない。それらの仕掛けの意味するところを一つ一つ明らかにしていった時、いったい清張ミステリーはその「表層の意味」の下からどのような姿を現すことになるだろうか。

2

たとえばここに、名作の誉れ高い「地方紙を買う女」（昭32）という小説がある。戦後、シベリアに長く抑留されていた夫がようやく帰ってくるというので、バー勤めで生計を立てながら帰国を辛抱強く待っていた女性が、ふとしたことから弱みを握られてヒモ同然につきまとわれていた男を別な女と心中したように見せかけて殺し、腐れ縁を清算しようとする話である。

のちにその犯人の女性（潮田芳子）が告白するところによれば、終戦の前年、結婚してまだ半年も経たない頃に夫は満州に駆り出され、戦後もそのまま抑留され続けたという。その夫がようやく帰国できることになった時期については特に明記はされていないが、常識的に判断して、作品発表の前年あたりと受け止めた読者が多かっただろう（実際にも、ソ連からの最後の集団帰国は昭和三十一年の暮れだった）。だとしたら十年以上もの長い間、芳子は生活苦と戦いながら「いつかは帰ってくるものと信じ、長い長い歳月をひとりで待って」いたのである。そうした、戦争というものが庶民の生活に与えたさまざまな影響を一筆書きのタッチで簡潔に描き出していく手際も見事で、その面だけをとってみても優に一級の文学作品の資格はある。

もちろん、この小説の本領はあくまでもミステリーとしての側面にあって、そこにおいてもさまざまに傑出した面が見られることは言うまでもない。――ミステリーとしての「地方紙を買う女」のカギを握るのは、小説家の杉本隆治という人物である。この杉本が芳子の擬装心中工作を不審に思い、真相を明らかにしようとしていくのである。

芳子と杉本との間に接点が生まれる経緯もなかなか面白く書かれている。中央線沿線で東京から「準急で二時間半ぐらいかかる」K市の近くの渓谷で芳子は犯行に及んだのだが（告白によればだが）、擬装心中死体がいつ発見され、どのように報道されるかを知るために地元紙の「甲信新聞」を東京の自宅まで郵送してくれるよう依頼したことから（紙面も今のように多くはなく、地方の記事が中央ではなかなか見られなかったこの時代ならではの設定だ）、芳子のたくらみに綻びが生じることになる。依頼する際、連載中の杉本の小説が面白そうなのでと書き、さらに、ひと月ほどして心中死体が発見され、事件とはみなされていないことを確認すると、小説がつまらなくなったのでと理由を付けて購読を断ったことから、それを聞きつけた杉本が不審の念を抱いたのだ。

プロである杉本から見て連載小説は以前よりも面白くなっているはずなのに購読を中止したということは、この読者の目的は別にあることを意味している、とすれば、購読を希望した日付（二月十九日）から中止した日までの記事のなかにこの読者がお目当てのものがあるにちがいない、と理詰めで考えていった杉本の推理が功を奏して、三月十六日付紙面に載った「死体の発見は三月十五日で、死後約一カ月経過」の臨雲峡の心中事件に、杉本の疑惑の目が向けられてゆくことになる。

こうして杉本による真相究明が開始される。私立探偵を雇っての調査、芳子の勤める渋谷のバー・ルビコンへの日参。その結果、芳子が心中の片割れである庄田と愛人関係にあり、夫の帰国を控えて困っていたことや、購読開始日前日の二月十八日のアリバイがないことも判明した。「彼女はこの男女の情死を知っていた。新聞でその死体の発見される記事を待っていたのだ」（傍点原文）。しかし、杉本が確信を持てたのは結局そこまでだった。二月十八日にK駅駅頭で芳子らが見た大臣の街頭演説の写真が載った新聞の切り抜きをわざと芳子の目に触れるようにしたり（心中した二人の他に万一、芳子が写っていたりすると芳子の立場が危うくなる）、庄田と女（福田梅子）に似せた男女が後ろ向きで田舎道を歩く写真を見せて反応をうかがったり、というように手を替え品を替えて突ついてみても、芳子はぼろを出さなかった。

ぼろは出さなかったが、しかし杉本が何かを嗅ぎつけているらしいことを察知した芳子は、今度は杉本を狙ってもう一度擬装心中殺人をたくらむことになる（告白によれば）。婦人編集者の田坂ふじ子を杉本に誘わせて、庄田の時と同じように、弁当を持って三人でピクニックに出かけようと提案したのである（今度の目的地は奥伊豆だ）。これは杉本の側から見れば、「彼女はこの男女の情死を知っていた。新聞でその死体の発見される記事を待っていたのだ」までは想像がついたものの、その先、どんなかたちで芳子が二人の死に関与したかがわからなかったのだから、芳子を追い込んで、自分（杉本自身）を殺害しようとするところにまで追いつめれば、不明の部分がわかるだろうという「危険な期待」〈七〉もあった。いわば自分自身を実験台として謎の解明を期したのである。

さて、その日、三人は伊東から修善寺に出て三島に回って帰る予定で出発した。そして伊東から修善寺に向かうバスを途中で降りて、山の中へと入っていった。やがてひと休みするのにかっこうの草っぱらを見つけて、昼食となる。ふじ子が持ってきたサンドウィッチと芳子の持参した巻き寿司とが三人の前に並べられ、ふじ子が芳子の寿司を口に持っていこうとした途端に杉本の手が素早く動いて、寿司は草の上に飛び散った。「危ない、田坂君」、「毒がはいっているんだ、それは！」。

杉本にしてみれば、ようやく芳子のシッポをつかんだとの思いだったのだろう。「今の方法で二人を毒死させ」とか「この手（方法の意―藤井）で臨雲峡で二人を殺したな」などと勝ち誇ったように言っていることからも、それはわかる。しかし、結局杉本のふるまいは空振りに終わった。二人の前でとくとくとして述べ立てた「真相」（――庄田らをこれと同じようにして毒殺し、その成り行きを地方紙で見守り、杉本に疑われていると察知するや、前と同じようにして心中に見せかけて殺害しようとした）も、「さすがに小説家だけに、うまく作るわね」と芳子に一蹴されてしまう。事実、この直後に芳子は潔白を証明するためにみずからその寿司を口にするのだが、十分たっても死ぬどころかその徴候すらなく、あげくのはては「さあこれで、あなたの妄想のでたらめがわかったでしょ。あんまり失礼なことを言わないでよ」と毒づかれる始末だった（このあと芳子は「帰ります。さよなら」と言い残して「どこにも変わったところの見られない、しっかりした足どりで」一人でさっさと帰ってしまった）。

3

実際の話の流れは以上のようなものであるにもかかわらず、一般的な読まれ方としては、この作品が杉本が「種明かし」した「真相」にそって受け止められることが多いのはなぜなのだろうか。

言うまでもなく、終章の〈九〉が「潮田芳子が杉本隆治に送ってきた遺書」のかたちをとっており、そこにほぼ杉本の推理を追認するような「真相」が告白されていたからである。ちがうのは、青酸カリが寿司ではなくジュースに入れられていたことだけであり、もしかりに杉本がジュースのびんをはたき落としていたとしたら、杉本の真相究明のパフォーマンスは完璧だったはずだ。その場合、芳子がそれを飲んでみせるというようなことをしたかどうかは別として。もっとも、芳子は遺書の最後で「これから、それをわたしが飲むところです……」とも言っているのだから、その可能性は高いかもしれない。

それはともかくとして、ではこのように芳子の遺書がある以上、芳子の告白にそって、読者は杉本の「種明かし」に微修正を加えるかたちで「真相」を受け止めればそれでよいのだろうか。確かに、今まではおおむねそうした方向で「地方紙を買う女」は読まれてきた。しかしひょっとするとそれは、作品の「表層の意味」をなでまわしていたに過ぎなかったのではないか。

こんなとんでもないことを言い出すからには、もちろんそれなりの理由がある。まず何よりも見逃してはならないのは、「真相」が芳子の遺書のなかで述べられていたということだ。一般論としても、当然のことながらそこには嘘や自己正当化が入り込む余地がある。それ以前の部分のように話者（作者）による三人称体で客観的断定的に記述されていたこととは（三人称体で書かれていても特定の人物に即せば主観的になりうるが）、やはり区別して考えなくてはならないのである。あるいは、同じこの内容を、客観的な三人称体ではなく虚偽も混ぜうる告白体で表現した、その差異に敏感であれ、と言い換えてもいい。

特にボクが芳子の自己正当化の気配を感じるのは、庄田につきまとわれるようになったキッカケを告白している個所だ。ある時、デパートの警備員をしていた庄田に万引きを疑われ、それ以来庄田は、そのことを表沙汰にされたくない芳子の弱みにつけ込んで金も体も欲しがるようになったというのだが、そもそも芳子の買い物袋に検印のない品が紛れ込んだのは「たぶん特売場の台から、この軽い品がわたしの買物袋の口に落ち込んできたに違いありません」という弁明からしてかなり苦しげで、無理がある。

　この部分に限らず、概して庄田は悪く書かれ過ぎているような感じがする。芳子を骨までしゃぶり尽くそうとするいっぽうで、他の女たちとの交際も派手で、心中させられた福田梅子の場合などはわざわざ芳子に引き合わせているほどの悪党ぶりなのである。決定的な証拠はないけれども、この遺書には読み手（狭義には杉本だ）を意識し、同情を買おうとする自己弁護的な調子がかなり混じっているような気がする。

　こんなふうに見てくれれば、考えようによっては告白された内容はどれも多少とも怪しく思えてくる。庄田と梅子に「青酸加里のはいった手製のおはぎ」を食べさせたというのも、心中事件を報じた新聞記事にはなく告白にあるだけだし、今度は杉本を抹殺しようと思ったということも、さらにはジュースのほうに毒を入れたということまでもが。……　なかでも、当てにならない最たるものは、芳子は本当に毒入りのジュースを飲んで自殺したのかどうか、という点だろう。遺書の後に客観的な三人称体で実行した旨が付け加えられているわけでもなく、遺書がむき出しのままで小説は終わってしまっており、しかもそこには当然のことながら「飲むところです」とまでしか書かれていないのだから（飲めば死ぬとしたら飲んだところまでは書けない）、本当のところはわからない。

　もしも、この遺書で述べられていた内容を確かなこととして表現しようとしたなら、一人称の告白体ではなく三人称の客観体で表現するなり、最後に「死んだ」云々という断定的な一文を添えるなり、それこそいろんなやり方があったはずだ。にもかかわらず現在あるようなかたちが選択されたことの意味を、その重さを、きちんと受け止める必要がある。

若き日の清張に大きな影響を与え、清張流の小説構成術の原点ともなった木村毅の『小説研究十六講』（大14）にも人称の使い分けに論及した個所があり（「視点及び基調の解剖」と題されたその章を、清張は「この書で最も教えられた」章の一つとしてあげている）、たとえば探偵小説などによくある複数の人物による一人称体の証言を組み合わせた「法廷的配置法」という書き方の場合、その告白が嘘なのか真実なのかはまったくわからない、と述べられている。また、「神の如き立場に立つ」「全知的視点」に比して、「作中人物の語る言葉」は「どこまでが真実を表現し、どこまでが真実を隠蔽せるか」云々などというのも、告白は信用できない、という問題に関係してくるだろう。要するに、一般論として告白には嘘が入り込むというだけでなく、小説の方法としてもそのことは自覚され活用されてきたというわけだ。

このように見てくれば、従来なされてきたような、芳子の告白にそって杉本の種明かしに微修正を加えるような「表層の意味」の理解だけでは、本当の意味でこの作品を読んだことにはならないのは明らかだ。ここで試みたように、ああかもしれないこうかもしれないとさまざまに思いめぐらすことで、その「表層の意味」のかたまりを突き崩していかなくてはならない。そうすることで結果的に何が何だかわからなくなり、意味の迷宮に引きずり込まれてしまうようなことになったとしても、だ。

4

告白体という迷宮めぐりのついでに、迷宮をもう一つのぞいてみることにしよう。それは、芳子に種明かしを一蹴された杉本の胸の内という迷宮である。

「地方紙を買う女」には大ざっぱに言って二つの種明かしがあった。一つは〈七〉から〈八〉にかけての杉本によるそれであり、もう一つは〈九〉の芳子の遺書によるそれである。しかし、後者のほうは一人称告白体という形式上の理由から、その内容に必ずしも信が置けないことはすでに述べた。これに対して杉本の種明かしのほうはどうか。

杉本と「真相」との距離の特徴は一貫して、「彼女はこの男女の情死を知っていた。新聞でその死体の発見される記事を待っていたのだ」というところまではハッキリつかんでいたものの、その先はまったくつかみあぐねていた、というところにあった。たとえば探偵社からの報告書を受け取った杉本は「たしかに彼女は、この二人が臨雲峡の山林で心中したことを知っていた。それは彼女が朝早くアパートを出かけ、バー・ルビコンを欠勤した二月十八日に行われた」というところまでは考えを進めてみたものの、その先は「臨雲峡は中央線のK駅で下車する。彼女は二人をどこで見送ったのであろう？　新宿か、K駅か」などと想像している。次いで、芳子はK駅まで来ていたのではないかとも考えてみたものの、駅から心中現場までのバスと徒歩の一時間の行程に関しては、庄田と梅子の二人が山中を彷徨する姿を想い描くばかりだった。芳子の告白にあったような殺害方法などには思いも及ばず、「彼女の位置は、いったい、どこにあったのであろう」と首をかしげるばかりだった。

こんな具合に、心中への芳子の関与の仕方がわからないからこそ杉本は、いわくありげな写真を芳子に見せて、自分が何事かを知っていることを相手に悟らせ、相手が自分を殺害しようとして庄田の時と同じような行動に出るように仕向けることで、関与の仕方を探ろうとしたのだ。芳子が自分たちを殺害しようとしたら、それこそが芳子が庄田殺しの犯人であることの何よりの証拠であり、またその方法がとりもなおさず庄田殺しの際の手口でもあったにちがいない、といったように。

だとしたら、逆に、寿司には結局毒物などは入っていなかったことが明らかになった時点で、杉本による推理と「種明かし」は論理的に破産したと考えるべきなのではないか。それではジュースのほうかと思い直した、などということが書かれていない以上、杉本の推理はもう一度、「彼女の位置は、いったい、どこにあったのであろう」という振り出しに戻ったと考えるべきではないか。芳子の「あんまり失礼なことを言わないでよ」云々に対する杉本の反応が空白（＝何も書かれていない）であるために解釈が難しいのだが、杓子定規に、ないしは形式論理的に考えればそうなるはずなのである。

さらに言えば、振り出しに戻るだけでなく、「情死事件に、潮田芳子が関係していること」までは動かないにしても、ひょっとすると芳子は加害者というわけではなかったかもしれない（＝「疑って、ゴメン！」）、という地点にまで杉本の考えが押し戻された可能性すらあるのではないか。もはやこのあたりになると、またしても迷宮の奥深く入り込んでしまっているので、わけがわからなくなり始めているのだが、極端なことを言えば、芳子が、自分に疑いを持ち始めた杉本の疑惑を晴らすために、わざわざ庄田の時と同じように事を運びながら、しかし毒は盛らない、というかたちでひと芝居うった可能性だってゼロではないのだ。

さて、寿司に毒が入ってなかったことが明らかになった時点で、推理のうえで一段階（「彼女の位置は、いったい、どこにあったのであろう」）ないしは二段階（彼女は加害者ではないかもしれない）後退した格好になっていた杉本だが、最終章ではその彼のもとにあの芳子の遺書が届けられることになる。実に心憎いばかりの計算と言うほかはない。もっとも、それが一人称告白体である限り、一〇〇％の信頼は置けないことはすでに述べた通りであり、だとしたら杉本が芳子の書いたことをすべて真に受けて、芳子＝毒殺犯人とふたたび確信するようになったかどうかはわからない。何しろ最終章は芳子の遺書がむき出しで置かれているだけであり、それを読んだ杉本の反応などはいっさい書かれてなかったのだから。

5

ここまでは杉本による「真相」推理のあとばかりを追いかけてきて、読者によるそれを確かめるのが後回しになってしまった。——結論から先に言えば、読者の場合も杉本の認識とそれほど大きく距たっているわけではないだろう。寿司に毒が入ってなかったことから、ではどのような方法で心中に関与したのだろうかと思い直す点や、芳子の告白を読まされても一〇〇％信用はできないと思う点などにおいて。ただ、読者の場合は、小説の話者からのヒントや情報が余分に与えられていたことで

（杉本には与えられていない）、芳子と心中事件との濃密な関わり（というか、ほとんど加害者とみなしてもよいような関わり）をより強く察知する立場にはあったと言えるだろう。

たとえば二月十八日にK駅前から芳子が眺めた遠くの山々の描写の中の、「近い低い山々が重なっていた。その渓間（臨雲峡のことか―藤井）までは見えない。が、何かがそこで始まろうとしている。その山の線の行方は、芳子には、示唆的で、いわくありげだった」という、これから始まる凶事を予感させるような思わせぶりな叙述がそれであり、また、杉本のしつような追及に対する、「恐ろしいのは、彼があのことを少しでも嗅ぎつけていることである」（傍点原文）〈六〉云々という芳子の気持ちに即した一節なども、芳子の濃密な関わりぶりを読者に対して強く示唆している。

したがって、こうした刷り込みを受けていた読者と、受けていない杉本（杉本の場合は新聞の不自然な購読の仕方から「彼女はこの男女の情死を知っていた。新聞でその死体の発見される記事を待っていた」ということだけしか具体的なことは知らなかった）とでは、寿司に毒が入ってなかったという同じ一つの結果に対しても、微妙な反応の違いを招くのは当然だろう。たとえば杉本の場合は先に述べたように一段階、二段階の後退もありえたのに対して、芳子への疑惑をより強く持っている読者の場合は、それではひょっとするとジュースにかも、とか、疑惑を晴らすために今回はわざと毒を盛らなかったのでは、とかいった方向に誘導されることはあっても、杉本のように、芳子は加害者ではなかったかも、という方向に導かれることは考えにくいのではないか。

「表層の意味」だけを見ている限りは安定して見えた「地方紙を買う女」だが、見てきたように、杉本に見えていたこと／読者に見えていたこと、というような区分けをも持ち込んで、ああかもしれないこうかもしれないと細部の意味にこだわり出すと、堅固に見えた「意味の城」はたちまちにして脆い砂の城へと豹変する。しかし、それこそが本来の読みの実践の結果であるとしたら、いたずらに意味の迷宮化を恐れる必要はないのかもしれない。

ここでもう一度、迷宮入りせざるをえなかった理由を考えてみると、何と言っても、「真相」が真偽の定かならぬ告白体で明かされていたことと、「あなたの妄想のでたらめがわかったでしょ」と芳子に罵倒されてからの杉本の反応が空白であったこととが、決定的に大きい。

しかし、いっぽうでは、このように深刻な話を迷宮入りさせることもなくどのように終わらせることが可能であっただろうか、というようなことにも思いをめぐらさざるをえない。芳子の告白したことがおおむね真実であったとすれば、戦争で新婚の夫を奪われ、のちには万引きの疑いといういわれなき罪から「下劣」な男につきまとわれて身も心もぼろぼろにされ、あげくのはては、ようやく夫が帰ってくるというのに解放もしてもらえないという、画に描いたような不幸な人生がそこにはある。そんな女性の人生に、どのような打開策があるというのだろうか。

男を殺せば犯罪であり、捕まるにしても自殺するにしても、夫との暮らしの再スタートはもはや望むべくもない。だからといって、発覚しないようにして殺人犯を多くの読者が目にする小説のなかに放置しておくことも許されまい。ドラマなどでは悪事を犯した善人は最後はみずから命を絶つのが常道だが、そうした「常道」に甘んじるに忍びないところから、この作品の迷宮への道は始まっていたのではないか。通りいっぺんの「表層の意味」のほうではなく、迷宮化した意味のほうに放恣に身を任せるようにして言えば（＝告白も当てにならないとすれば）、芳子は生き延びてどこかで夫との人生を再スタートさせていたかもしれないし、「遺書」を読んで同情した杉本がそれ以上の追及を断念した可能性だってある。それに、そもそも芳子が確かに庄田らを毒殺したという証拠などは告白を除けばどこにもないではないか（現に寿司には毒が入ってなかったし、ジュースにだって入っていたとは限らない）。

そしてこれらのすべてを可能にしていたのが、告白体と杉本の反応の空白という仕掛けにほかならなかったのである。――ここで戦後史を振り返れば、引き揚げ船・興安丸が当時のソ連からの最後の集団帰国者一〇二五人をのせて京都の舞鶴港に着いたのは昭和三十一年十二月二十六日のことであったという。現実にも存在していたであろう多くの芳子やその夫や庄田らのことを思えば、「地方紙を買う女」の迷宮化は、その意味からも唯一必然のみちであったことが納得される。

清張一口メモ：清張ブームとその戦略

清張ミステリーが、もっぱらトリックや謎解き一辺倒であったそれ以前の推理・探偵小説のあり方に異を唱えて、犯行動機を重視し、ひいてはその動機の持ち主である人間と彼（彼女）を取り巻く時代と社会とに鋭く迫っていったことは広く知られている。

〈社会派〉という称号も清張ミステリーのそうした特質に対して捧げられたものだが、確かに推理小説史のコンテクストからすればこれはこれで納得のいく説明であるとしても、はたして清張ミステリーがあれほどまでの支持を集めることのできた理由はそれだけだったのだろうか。読者の好みや関心が、トリックや謎解きから、動機・人間・社会のほうに移りつつあり、そこを清張ミステリーが的確に捉えたに過ぎなかったのか。

もちろん、そうした面もあるにはちがいない。いつの時代にも清新さというものは求められており、トリックに倦んだ読者が社会性に惹かれたということは十分に考えられる。しかし、それだけでは、あの途方もないブームの全貌を解き明かしたことにはならないのではないか。

松本清張の処女作は昭和二十六年発表の「西郷札」であり、翌年『三田文学』に発表された「或る『小倉日記』伝」で第二八回芥川賞を受賞したものの、その後は時代小説やミステリーへの傾斜を深め、昭和三十年の「張込み」を始めとして、「顔」（昭31）、「声」（同）などの傑作を矢継ぎ早に発表していった。しかし、その名が世の中に広く知られるようになるのは、やはり『点と線』の刊行を待たなくてはならなかった。

日本交通公社発行の雑誌『旅』に連載されるという異色のデビューを飾った『点と線』は、昭和三十三年二月に光文社から出版されると、続いて刊行された『眼の壁』、『黒地の絵』などとともに一大推理小説ブームをまきおこした。『点と線』は年間ベストセラーズの第一九位だったが、以後清張ミステリーはベストセラーズの常連となり、三十五年には『ゼロの焦点』が一三位に、三十六年には『砂の器』が六位に進出するという躍進ぶりだった。

この『点と線』を先頭とする推理小説ブームは、戦後の混乱も一段落し、経済が復興に向かうとともに人々の間に生まれつつあった旅志向、観光ブームと巧妙にタイアップさせた『旅』側の機略や、カッパ・ブックスで名をあげた光文社が、その余勢をかって清張ミステリーを前面におしだしてカッパ・ノベルスを創刊する（昭34・12）という出版ジャーナリズム状勢にも多くを負っていた。それに加えて、前述したように、旧来の推理小説に対する飽き足りない思いが社会派ミステリーを新鮮なものに見せた、というような側面もあったにちがいない。

しかし、だとしても、それだけではこれほどまでのブームにはならない。より重要なのは、それらの作品には高度成長前夜の庶民の生活や社会の様子が如実に、かつ等身大で描かれていた、ということではなかったか。

『点と線』の場合で言えば、東京駅ホームの四分間トリックやアリバイ崩しばかりが注目され、清張自身も後書きで、年来の主張である動機よりもトリックを重視し過ぎた点を反省しているほどだが、実際には『点と線』を始めとする作品群に活力を与えていたのは、そのあふれんばかりの現実性であり生活感であった。

人間味豊かな刑事たちの言動。証言というかたちでの一般の人たちの謎解きへの参加。あるいは時代を象徴するかのような結核療養者の存在とその憂愁。さらには皺くちゃの列車食堂のレシートといった小道具類。何よりも、「おおい、亮子」「はあい、ここよ」と呼び交わす犯人たち、などというものが、かつてどんな作家によって描かれたことがあっただろうか。そうした、地続きの現実と隣人としての作中人物への読者の共感こそが、この時期の清張ブームを根底から支え、それを大きなうねりへと変えていった原動力にほかならなかったのである。

ところで、作中に描かれた庶民の日常や社会の様子に読者が親近感を抱き、みずからのよって立つ地平と作中世界とが地続きであると実感できるということとは、そこに、従来の限られた読者層とは異質の大量の「庶民」読者が登場してきていたことを裏付けてもいる。作中人物の庶民性は読者の庶民性に通じ、さらにそれは、発表媒体の庶民性にも通じているというわけだ。

新聞の購読人口拡大、月刊・週刊雑誌の創刊、さらには単行本の部数拡大と、この時期、限られた層から大衆層へと、新たな読者層の開拓・拡大はめざましかった。その拡大された層に正確に狙いを定めるようなかっこうで、清張ミステリーは「販路」を拡げていったのである。

たとえば、『砂の器』がミステリー雑誌などではなく、三〇〇万の読者を持つ全国紙（『読売新聞』）に連載されたことなども、その一例だ。そしてそこでは、読者を代表するかたちで、映画好きの女性が出てきて、謎解きを側面から援護する。

蒲田駅の操車場で殺害された男のそこに至るまでの足取りを追う過程で、男がなぜ旅先の伊勢市の映画館で突如上京を決意したのかを考えあぐねる今西刑事の推理を、この時代にはおそらくこのタイプはあちこちにいたであろう映画狂の妹が、映画事情をいろいろ教えてやって手助けをする。新聞という発表媒体の庶民性を介して、読者の庶民性と作中人物の庶民性とが手を結び合うのである。

婦人雑誌や女性週刊誌への登場が多いのも清張ミステリーの特徴の一つだが、これも同様の背景を想定できる。いくつか例を挙げれば、『主婦の友』には『氷の燈火』（のち『山峡の章』）、『婦人公論』には『霧の旗』、『婦人倶楽部』には『黒い樹海』といったような具合だ。

特に、この時期ダントツの一〇〇万近くもの女性読者を擁していた『週刊女性自身』への登場が目立つのは見逃せない。カッパ・ノベルスと同じ光文社が発行元であるせいもあって、早くもその創刊号から「愛と空白の共謀」を載せている。以後も、『波の塔』、「文字のない初登攀」、『風の視線』、『水の炎』等々、といったペースなのである。

そこには当然、読者が共感しそうな、あるいは身につまされそうな設定がふんだんに見られる。「愛と空白の共謀」は、出張先で急死した夫のもとに駆けつけた妻の前に姿を現した旅館の係りの女性というのが、実は夫の浮気相手で、取引先の重役夫人であったことに、何年か後に気づかされるという話。しかもこの時この元妻は、その後関係のできた夫の部下の男性との浮気旅行からの帰途であったというおまけまでつく。

浮気旅行という点では、「文字のない初登攀」も同様だ。主人公が単独で未踏峰を征服したものの、それを遠くから目撃した二人が道ならぬ関係であったために登頂の証言者になれず、主人公の登頂が世間から疑われていく話だ。二人連れの男性のほうはその後自殺してしまい、窮した主人公は女性の家を訪ねるものの、家庭の平和をこわすに忍びなく、主人公は不名誉に甘んじる決意をする。

『読書世論調査』を見ると、『週刊女性自身』は女性読者の人気ナンバーワンの雑誌で、その読者層は市部に多く、年齢は二十代、学歴は高校卒が中心で、職業は主婦とOLとが多いものの後者のほうがやや上回っていた。そんな読者層を対象として、かなわぬ夢を代行させ、陶酔のあとには現実に引き戻し、しかも勧善懲悪的な隠し味も忘れないという、巧みなストーリーテラーぶりが発揮されていたのである。

清張ミステリーの人気の秘密は共感を軸とした読者との連帯にあり、そのためにも、読者層の拡大という時代の変化をいち早く見抜き、そこをめがけて「販路」を拡げていく必要があった。そうした一連の戦略こそがあの途方もない清張ブームの生みの親であったことが、こんなところからもよくうかがえる。

7章　「氷雨」とその時代
――売春防止法前後――

1

「氷雨」と聞けば、歌にも関心のある人なら、日野美歌が唄ってヒットした歌謡曲の「氷雨」（とまりれん作詞・作曲、昭57）のほうを思い出すにちがいない。まかりまちがっても、清張に同じタイトルのマイナーな作（「氷雨」『小説公園増刊』昭33・4）があったことなどを思い出す人はいないだろう。もっとも、だからといって、それは清張の「氷雨」にとって不名誉なことでもなんでもないし、いわんや、知られていないこと＝凡作である、などということには絶対にならない。と、マァ、これほどまでに力むのも、もとはといえば、この作が折り紙付きの「埋もれたる傑作」にほかならないからだ。どこがどう傑作なのかはおいおい見ていくこととして、ここではその前に、かなりの人が連想するであろう歌謡曲の「氷雨」の世界をちょっとのぞいておくことにしよう。どちらも男や女やお酒が登場する、要するに夜の世界を題材にしたものなので、その縁で言えば、ちょっとハシゴしてみよう、というわけだ。

歌の「氷雨」では、一緒に住んでいた男に去られて自棄になり、なにもかも忘れるために酒場で酒をあおる一人の女を包み込むように、冷たい雨が降り続いている。

外は冬の雨まだやまぬ
この胸を濡らすように
傘がないわけじゃないけれど
帰りたくない
もっと酔う程に飲んで
あの人を忘れたいから

もはや「誰が待つ」というわけでもない「あの部屋」に「今夜は帰らない／帰りたくない」との思いが、女に「飲ませて下さい／もう少し」と言わせるのであり、そうした女と酒場とをすっぽり包み込んでいたのが冷たい冬の雨＝氷雨であったというのも、いかにもという感じで、納得させられる。

これに対して清張の「氷雨」では、冒頭、そろそろかきいれ時だというのに客足がさっぱりな渋谷の割烹料理屋「ささ雪」を包み込むように「外には冷たい雨が降っている」。その「斜陽」ぶり（もちろん賑わう時もあるが）と氷雨とが共振しているわけだが、話の展開はひとまず後回しにして言えば、当初、料理店の不景気と対応関係にあった氷雨が、あとのほうでは作中人物の心情と呼応するものへと変容していっているのも、なかなかに粋なもっていきようだ。すなわち、自分の客を若い同輩にとられた（と思い込んだ）古参の「女中」の、焦りと淋しさとが綯い交ぜになった心に沁み入るように翌日も冷たい雨は降り続き、帰りの車の外では「砂でもまじっているような霰の打つ音」がしていた、といったように。もちろん、冒頭の氷雨は単に料理店の不景気を象徴していただけでなく、やがて描かれる登場人物たちの心象風景の確かな伏線でもあったにちがいないが、いずれにしてもその屈折的で両義的なありようが、一編の流行歌における場合などとは比べものにならないほどの奥行きを、「氷雨」という小説に与えていたと言っていいだろう。

2

ところで「氷雨」の主人公である「ささ雪」のベテラン「女中」は、名前を加代という。加代をお目当てに通ってくる得意客には、矢田、佐村、川崎らがいたが、この日、氷雨のせいか客足が芳しくないので女中たちが手分けしてめいめいの馴染み客に電話して来店を促そうということになった時、加代がもっとも好意を寄せていた矢田はあいにく長期出張中だった。そうなると佐村か川崎か、ということになるのだが、電話してみたところ佐村はまだ帰宅しておらず、残るは、以前から加代にアプローチを繰り返していた川崎しかいなかった。加代としては、執拗な川崎からの誘いをしりぞけ続けていただけに、こちらからその距離を縮めるようなことはしたくなかったのだが、そうも言ってはおられない。結局、川崎の好意（というか邪心）にすがることになったのだが、その際に川崎の発した何気ない一言が、加代の心にひっかかりを残したのだった。

川崎は誘いに応じる際に、意外にも「初枝は来ているかい？」と確かめたのである。初枝とは「二カ月前に初めてこの店にはいった女中で、年齢は二十三というが、じっさいはもっと上らしい。しかし、ここにいるどの女中よりも若かった」。言われてみれば加代にも思い当たることがないわけではなく、この前、川崎が初枝を何度目かで見かけた時、「あの女は、ちょっといいね」と加代にささやいたことがあった。もっとも、その時は川崎の自分への執心ぶりを百も承知だったので、加代としては川崎を「握っているつもりで安心していた」のだが、それが今日のこの一言で揺らぎ始めたのである。

――このあとの展開は、まさに清張ならではの巧妙な筋運びとなっている。お馴染みの視点効果が遺憾なく発揮されており、基本的に加代に即して話が進められるために、加代の見たこと聞いたこと感じたこと思ったことしか、読者には情報として伝わらない仕掛けになっている。もちろん、その焦点は川崎の気持ちがどの程度初枝のほうに傾いているかという点にあるわけだが、すでに冒頭の電話で「初枝は来ているかい？」と尋ねられた時、加代のなかではそれが以前のささやきと化学反応を起こして、「だが、どうやら今の電話の返事の仕方では、川崎のこのあいだ云った感想に実感がないでもなさそうである」との疑いの念が兆していた。もっとも、念のために付け加えておけば、加代が抱いたそうした疑念が川崎の真意と必ずしもストレートにつながるものでないことは自明なのだが。

川崎の初枝への関心はどの程度のものなのか、さらにはそれが相当なものであったとして、二人の関係は自分の知らないところでどこまで進行しているのか、これ以後、加代の疑心暗鬼の思いわずらいはとどまるところを知らぬかのようであった。――電話をして来店してもらえることになったその日、先の疑念に続けて、早くも加代は、初枝の無遠慮な馴れ馴れしさがたいていの客には色っぽさとして映り、好評であることに不安を抱き、「このごろの客は、やはり初枝のようなアプレ型を好むのであろうか。加代は、なんとも思わない川崎のことが気にかかった。やはり自分の扱う客なのである」と、屈託を深めるのだった。

そんな思いで迎えたせいか、やってきた川崎の反応もいつもとは違うように見えた。お運びの係りが初枝ではないと聞いて元気なく「部屋の中を見まわし」、あまつさえ加代を前にして「雨か。寂しいな」と、つぶやく始末だった。いつものように気を引く言葉を加代が口にしても、ふだんと違って「おまえは、いつもそんなことを云って気をひく」と冷たく醒めた反応が返ってくるばかりだったのに、そこへ初枝が料理を運んでくると一転して目を輝かせ、加代が横目でにらむのも知らぬげに、相好を崩すのだった。このあと、加代は思いを残しつつも他の座敷に呼ばれてやむをえず席を立つのだが、その結果必然的に、視点人物である加代を欠いたこの部屋で川崎と初枝の間に起こったことを読者は知ることができない。むろんそれは加代にしても同様だ。四十分ほどしてようやく座を抜け、「ぴったりと締っ」た元の部屋の襖を開けてみると、川崎と初枝の距離は三尺（一メートル弱）ほど開いてはいたものの、座り直した気配があり、「今まで何をしていたかわかったものではない、と加代は感じた」。……

三者がぶつかりあう（！）最初の場面なので丁寧にたどってみたが、加代を視点人物とすることでいかにこの場面が面白いものとなっていたかがよくおわかりいただけたと思う。この場面を視点人物である加代の判断はひとまず無視して考えてみると、いったい何通りくらいのケースが想定できるだろうか。まず、現時点での川崎のお目当てが誰かということだが、①もはや初枝のほうに心が移ってしまっている場合と、②本命は依然としてあくまでも加代、の場合とで二通りありうる。次は川崎の態度だが、(a)疑心暗鬼の加代の目を通したから初枝に気があるように見えたに過ぎない（実際はふだんと変わりがない）という可能性と、(b)誰が見ても初枝をそうとう意識した言動をしていたという可能性とで、やはり二通りありうる。そしてこの二つの「二通り」の組み合わせで、最終的総合的にどんなケースがありうるか、の候補が出揃うというわけである。

まず、一つ目は①(a)のタイプ。これだと、初枝のほうに気持ちは動いているものの、態度には微塵も出さず、にもかかわらず、疑心暗鬼となっている加代は川崎の心が自分から離れてしまっているのではないかと思い込み、実はそれが期せずして川崎の本心を射抜いてしまっていた、というふうになる。もっとも、これは可能性としてはありうるが、あまり魅力的な解釈とは言えそうにない。二つ目は①(b)のタイプ。気持ちの上でも言動の上でも初枝のほうに傾いており、要するに、加代が観察し危惧した通り（誤解でも勘ぐり過ぎでもなく）であったという場合で、どちらかというとミもフタもないケース。続いては実は本命は依然として加代であったというケースの登場となるが、三つ目は②(a)

のタイプ。これは気持ちも言動も依然として加代のほうを向いていたにもかかわらず、加代のがわが被害妄想的にひがんでいたに過ぎなかったというケース。解釈の面白さとしてはまずまずかもしれない。そして最後が、これがある意味ではもっとも面白い解釈かもしれないが、②⒝のタイプ。つまり、本当は加代がお目当てなのに、表面は誰にでもそれとわかるようにわざと初枝に気のあるように振舞ってみせたというケースだ。要するに、加代の嫉妬心や競争心をあおることで加代を自分のものにしよう、という作戦である。

3

やや興醒めな最初のケース(①⒜)は除外するとして、果たして真相は残り三候補のうちのどれであるのかは、先にも述べたようにこの作品が加代を視点人物としているために、確定させるのはほとんど不可能だ。たとえば、先のシーンで、やっとのことで部屋に戻ってきた加代が初枝を追い出し(あくまでも川崎は加代のお客なので)、川崎の気持ちを問い質す場面で、川崎は「ばか云え。あんな若いの、興味がないよ」と答えていたわけだが、これを言葉通りに受け取ってよいかどうかからして、すでに真実は藪の中なのだ。それに続けて「キスぐらいしてたのじゃないの?」と加代が追い討ちをかけると、「ばかな」と否定したものの「川崎の艶のある顔は動揺していた」とあるのも、これはあくまでも予見をもった加代の目から見た、それも表面上の印象なので、何の決め手にもならない。そうして基本的にはこのパターンが「氷雨」全四章中の最終章を除くすべての章において、繰り返されているのである。

このあとの展開も、加代が気をもむようなことが次々と起こる巧みな筋運びになっている。そしてそれらのすべてが真相はことごとく藪の中なのである。たとえば問題のこの日、「いつもは遅くまで粘る川崎が、表の灯を取りこむ前に帰って」いき、初枝のほうも「店を出るとき確かにいた」にもかかわらず途中から姿が見えなくなったのは、本当に二人が待ち合わせしていたからなのかどうか。これとて、初枝は翌日「お店の前で知った女の友だちに会ったもんだから」云々と言っていたのだから、必ずしも待ち合わせしていたとばかりは言い切れないだろう。「二晩つづけて来ることは珍しい」川崎が次の日もやってきて、座ると笑いもせずに煙草を吸い、「思いなしか、そこにいる加代に遠い眼つきをした」とあるのも、文字通り加代の「思い」に過ぎないのだから、本当のことはわからない。

さらに象徴的なのは、うしろに川崎をともなって部屋に向かう加代が廊下で向こうから来る初枝とすれ違うシーンだ。加代の肩越しに川崎に対して「にっと」「微笑った」初枝に対して、加代の後ろを歩いている「川崎が初枝にどんな合図を送ったかわからない」とまで加代は想像して顔をこわばらせるのだが、これなどはまさに疑心暗鬼と邪推の極致とでも言うべきものだろう。そもそも、初枝の愛想笑いに深い意味があったかどうかさえ、わからないではないか。そうだとしたら、「遠い眼つき」と「にっと」「微笑った」だけを根拠として、「加代には、昨夜、初枝と何か約束があって、それで川崎がしめしあわせて今晩も来たのではないかと思われた」と想像していくこと自体が、途方もない妄想の産物であったのかもしれないのである。結局、この夜も川崎と初枝は二人でどこかに行ったものと一人で思い込み、加代は連夜の挫折感と虚脱感とにさいなまれるのだった。そしてそんな加代を包み込むように降り続いていたのが、冷たい冬の雨＝氷雨だったというわけである。――「車の窓には雨が流れていたが、砂でもまじっているような霰の打つ音がした。それだけは酔った頭にわかり、川崎と初枝がどこでこれを聞いているのだろうと思った」。

4

最終章の四は、二年後の中央線のある駅前の小さなおでん屋を舞台としている。すでに加代は料理屋の女中をやめて、おでん屋のおかみをしており、そこで常連客の一人に後日談というか裏話を披露するという仕掛けだ。「そいじゃ、君は、その男がやっぱり好きだったのだね？」と巧みに話を引き出す「停年も遠くない勤続会社員」の常連客は、たとえて言えば自作の映画に登場してコメントを加えるヒッチコックのような役回り、といったところだろうか。そんな形容が回りくどいのなら、もっと直接的に、作者＝清張を思わせる人物が登場してきて読者サービスをしている、と考えてもいい。

ところで、ふつう、こういう構成をとる場合は、三章までが加代を視点人物としていたために真相が藪の中であったのに対して、最終章では決定的な事実が明らかにされるというのが一般的だ。この作品の場合で言えば、川崎の本当のお目当ては誰だったのかとか、川崎と初枝の関係はどこまで進んでいたのか、といったようなことが。読者も当然それを期待して読み進んでいくのだが、果たして「真相」は明らかにされていたのかどうか。

結論から言ってしまうと、最終章で明らかにされたのは、その後すぐに加代が川崎と深い関係になったということだけだったのではないか。「それからすぐに川崎とわけなく泊りにいくようになったわ」と本人が言っているのだからまず（！）間違いはないし、その理由としては、十歳以上も年の違う初枝への対抗心から「身体を張っても、奪られたくなかったのです」とこれも本人が述べており、また「その場の」「意地だけ」でそうなったに過ぎなかったので、「すぐに別れてしまいました」というのも、加代の言う通りだろう。しかし、それ以外のこととなると、事態は依然として藪のなかであることに変わりはなかったのではないか。肝腎の川崎と初枝の関係についても、最後にこんなような情報が提供されているに過ぎないのだから。

客「その男だって、若いほうの、そんなみごとな身体のほうに惹かれると思うがね」
加代「その両人の間はなんでもなかったのです。その若い女は利口でしたから、相手の男のつまらないのを見抜いていました。男のほうは、のぼせかけていましたがねえ」
客「え、関係はなかったのか？」
加代「ですから、あたしが身体を賭けたのです」

「その両人の間はなんでもなかったのです」の信憑性はどれほどのものであるのだろうか。この情報の真偽の判定は、結局これが加代から提供されたものであるという理由によって永久に留保されざるをえないのではないか。時と所を移し、さらには客と加代との問答体とするなど、三章までとはおよそかけ離れたスタイルを採用しながらも、肝腎の点をめぐっては、三章までと同じく加代の見聞・観察と判断に依拠するかたちをとったために、読者の期待はみごとに肩すかしを食わされるのである。読者が新たに手に入れた確かな情報と言えば、その後加代が川崎と関係を持ち、そしてすぐ別れたということだけだったのだ。

三章まででは、加代を視点人物とすることで真相を伏せておいて、ガラッとスタイルを変えた最終章においては今度こそ真相が明かされるものと読者に期待させておきながら、みごとにその裏をかき、肩すかしを食わせる。ミステリーの常套を逆手に取った鮮やかな作戦と言っていいだろう。「ミステリーの常套」ということでついでに言えば、ここで見られるような「え、××だったのか？」というどんでん返しには、ふつう、殺していたとかいないとか、実は真犯人はだれそれだった、というようないかにもミステリーらしい事柄を盛り込むのが一般的だろう。それがここでは、性的関係の有無などといったおよそミステリーらしからぬ事柄が代入され、その意味でも二重に読者に肩すかしを食わせているところが心憎いばかりの計算であり、何とも言えずシャレている。

5

清張お得意の視点効果と「大山鳴動して……」ともいうべき最終章の肩すかし劇とを見てきたわけだが、そもそも加代がこれほどまでに初枝に対抗心を燃やしたのは、単に、自分の客を取られまいとする縄張り意識や、初枝の若さに対する嫉妬心だけが理由ではなかった。加代を駆り立てた原動力となっていたのは、男と女の世界の玄人を自任するみずからの「芸」に対する矜持の念であったのではないか。そのプライドこそが彼女の精神的支えでもあれば行動原理でもあったわけで、それがこの世界では駆け出しの初枝ごときにかき回されることが、加代には我慢ならなかったにちがいない。

事実、作中に記された加代の思いを追っていくと、そこからは男と女の世界を渡っていくなかで身につけた、みずからの手練手管の玄人芸に対する自信と、他方ではそれがおびやかされることから生じる不安感とが読み取れるし、そのはざまで揺れる微妙な職業意識（？）のようなものすらも、ありありとうかがうことができる。「手練手管の玄人芸」とは、ここでは要するに、男客に気のあるように見せかけ、にもかかわらず最後の一線はあくまでも譲らず、また逆にそうすることで相手の気持ちをいっそう自分のもとに引きつけておくテクニックのようなものを指すが、初枝の出現以前の川崎と加代との関係が、まさしくそのようなものであった。「川崎は前に何度となく自分を誘っているし、そのたびに、うまく逃げてはいるが、それだけに熱心になっている彼を握っているつもりで安心していた」。客のほうもすっぽかされたからといって怒るわけでもなく、「むしろ、愉しむようなものがあった。愉しんで、いつかは網を打ってみせる構えがひそんでいたし、それだけにこの男は自分の客だという安泰感」を女のほうも持つことができたのである。

そんな加代だからこそ、「お座敷はうまい」とか「客の捌き方がうまい」とお女将さんからも同輩からも評され、みずからもそこに自身のアイデンティティを見出していたがゆえに、それが初枝ごとき新参者におびやかされたのでは「自分の顔が丸つぶれ」であり「面子が立たない」のだ。「川崎なんかなんとも思っていない。彼女にすれば、ただの〝商品〟である。商品だから、他人にちょっかいをかけられたくない。これは嫉妬ではないと自分の落ちつかぬ心に云いきかせた」。確かに加代が思う通り、初枝への対抗心は嫉妬からではないだろう。自分の「商品」だから「他人にちょっかいをかけられたくない」というのも、まちがいではあるまい。しかしそこにもう少し適切な言葉を補うなら、単に「商品」だからというよりは、ちょっかいをかけられることが、ただちに加代のプライドなりアイデンティティへの侵害を意味することが問題だったのだ。みずからが存在の拠り所としてきた「手練手管の玄人芸」が、新しい世代なり時代なりの出現によっておびやかされつつあることへの根源的な不安、それが、一人の男をめぐる女同士の争いという表面的な意味の下に透けて見えている「氷雨」という小説のより本質的な主題だったのである。

6

アマチュアの出現におびやかされる玄人の世界、ないしは新興勢力の台頭に揺さぶりをかけられる旧秩序、というような観点を導入すると、「氷雨」の世界はさらに拡がりをもって見えてくる。たとえば冒頭で確認した氷雨と料理屋の不景気との対応という問題。少しだけ時代は遡るが、この前後の料理屋(料亭)事情を、木村毅編『東京案内記』(昭26)によってうかがってみると、料亭と新興の料理店との間の競争が激化していたことがわかる。

同書によると、戦前は「待合」は料理は作らず料理店から取り寄せていたが（仕出し）、戦後は自前で作るようになり、名前も「料亭」と呼ばれるようになったという。そしてランク上その下に来るのが「料理店」であって、両者の違いは、料亭は「芸妓を呼ぶことができる」が、料理店は「芸妓をサービスに出すことはできない」点にあった。そうなるとたいていの料理店は料亭へのくら替えを目指すことになるが、料亭の営業許可区域はいわゆる「花街」に限られており、そこで、区域外の料理店はあの手この手の工夫を余儀なくされることになる。具体的には、「芸妓経験者を女中として雇って客を歓待しよう」としたり、芸妓に「自由人」としてお客と一緒に料理店に料理を食べに来てもらったり、というような。それに、料亭に芸妓を呼んだ場合の出費（気軽に遊ぶだけでも二、三千円はかかるという。上級の国家公務員の初任給が六千円という時代だ）はサラリーマンの手の届く範囲にはなかったので、いきおい、「芸妓代りの女中さんで間に合わせよう」という料理店が急増し、料亭・料理店間の競争が激化する結果となっていたのである。

「氷雨」に登場する「ささ雪」は、「渋谷の割烹料理屋」ということになっている。渋谷には、都内では浅草に次いで多くの料亭を擁する花街（円山町など）があったが（『東京案内記』）、作中の記述からでは、「ささ雪」が料亭営業区域内にあるかどうかは断定できない。それに、区域内であっても、お手軽な料理店がもてはやされるというような事情もあったのだから、これが料亭であったか料理店であったかはいちがいには言えない。ただ、「芸妓経験者を女中として雇つて客を歓待」云々という『東京案内記』の記述を参考にすれば、料亭ではなく料理店の範疇に入る営業形態であった可能性のほうが高いとは言えるだろう。

その限りでは「ささ雪」は料亭をおびやかすグループのなかに入るのだが、しかし他方では、『東京案内記』はわざわざページを割いてはいないけれども、その料理店自体も、もっと安直な「飲み屋」なりにおびやかされるような現象もまちがいなく出現していたはずだ。料理店などに「『気軽に』行かれてはたまらないと料亭で対策に頭を悩している」(『東京案内記』)という状況は、飲み屋や居酒屋との関係で料理店が直面していた問題でもあったはずである。現に、「氷雨」のなかにも、客足がさっぱりな「ささ雪」の描写中に、「この辺は、飲み屋や喫茶店が多いので、傘をさしたそぞろ歩きの客足は絶えないが、こっちに向う靴音は聞えない」とあったわけだし、退職した加代が開いたのも、ある意味では料理店と競争関係にある「小さなおでん屋」だったではないか。そうだとしたら、新興勢力の台頭に揺さぶりをかけられる旧勢力・旧体制、というこの作品の本質的な主題は、こうしたレベルにまで浸透していたと見なくてはならないのである。

7

ところで「氷雨」の発表は昭和三十三年四月だった。戦後史の大きな節目である、あの売春防止法が実施された月なのである。難産のあげくにようやく成立した売防法が公布されたのは昭和三十一年五月、翌年四月には発効したものの、完全実施は三十三年四月一日まで引き延ばされており、それがようやく実施をみたのである。もっとも、業者のなかにはそれ以前から店をたたむものがあいつぎ、ましてや従業婦たちの転職はさらにそれ以前から始まっていた。『朝日新聞一〇〇年の記事にみる③東京百歳』（昭54）に収められた「〃赤線〃昨夜で消滅　都内全域」（昭33・3・1付け）という記事を見ると、実際の期限のひと月前の二月末日には、まだ営業を続けていた業者も「一斉に転廃業に踏み切った」ことがわかる。同記事はそれ以前のさみだれ式の廃業・転職状況についても数字を挙げて紹介しており、それによると、三十二年四月時点で一一九七業者（都内）、従業婦は四一九九人いたのが、三十三年一月末段階では、七一五業者、従業婦は一九五九人にまで減少していたという。要するに、従業婦の数で言えば、わずか十ヶ月で半分以上（二千人以上）が廃業ないしは転職していたことになる。

こうしためまぐるしい動向を小説の背景として取り込んでいた作品の一つに、水上勉の『飢餓海峡』（昭38）があるが、そこでは下北半島のある町の遊郭を皮切りに上京してからもその種の職場を転々としてきたヒロインの杉戸八重が、十年近く勤めた亀戸の遊郭で売防法実施の日を迎えることになっている。なにぶん小説中の記述なので信憑性は今一つかもしれないが、この亀戸遊郭では実施の一年前（昭32・4）までに、五十軒ほどあった業者のうちで「店を閉めた店は二十二軒もあ」ったことになっている。当然、従業婦たちもいちはやく転職しており、杉戸八重のいる「『梨花』の妓たちも、若いものたちは、いち早く出ていった。残った八重を含めて四人の妓は、すでに三十を越えた中年女ばかり」という有様だった。

――さて、ここで想起されなくてはならないのが、「氷雨」で加代たちの恐るべきライバルとして登場してきていた初枝の前身である。初枝が「ささ雪」に勤め始めたのはわずか二ヶ月ほど前であったことが（ただし最終章ではそれからさらに二年が経過している）、早くも一章で言及されていた。加代が川崎に電話で来店をねだったあの宵の描写のなかで、である。そしてそこでは初枝をめぐるこのような噂話が紹介されてもいた。

「あのひとは、バーかキャバレー向きね」
「そうよ、初めてこの水商売に来たというけれど、今まで何をしてたかわかんないわ」

加えて、「新参のくせに腰が重い」、「妙になれなれしい」、「妙に無遠慮なところが」ある、「ことさら色っぽく出る」、「気おくれしない」などの評がそこにはかぶせられていた。もっとも、これらを見る限りでは初枝は「アプレ型」なり「若い子」なりの特性を体現していたに過ぎないとも言えるわけだが、これが三章に進んで、加代が、川崎と初枝とが示し合わせて消えたのではないかと想像するくだりになると、さらに決定的な次のような情報が読者の前に示されることになる。

川崎は、今夜、どうも初枝を口説いたらしい。初枝がそれに乗ったのは、彼女が帰りの女連れから脱けたことでも察しがつく。初枝の軽さを思うにつけ、いったい、あの女の前身はなんだろうと考える。とても素人からすぐに〝ささ雪〟に来たとは思えない。皆が陰口を云うように、どこかの赤線にいた女かもしれない。客に向けるあの嫌らしい眼つきからして普通ではない。

昭和三十三年四月という発表時点を十二分に意識した、実にタイムリーで巧みな設定だ。売防法の完全実施の一年も二年も前から（初枝が移ってきたのも、最終章が昭和三十三年四月とすればその二年前だ）、特に若い層を中心として従業婦たちがどんどん転職していっていたことはすでに紹介したが、他方では、それらの女性たちの多くが更生できずに、醜業に舞い戻っていたことも事実であったようである。たとえば巻正平著『姦通のモラル――一夫一婦と結婚外恋愛――』（昭34）にも、その間の事情についてこんなふうに述べられている。

昭和三十三年四月、売春防止法が施行され、赤線地帯が廃止されたことは、だれもが知っています。ところが、その結果は、実質的にはたいした変化はなかったようです。今年（昭和三十四年）になって警視庁から発表された『売春白書』によると、昨年四月から十二月まで違法行為として検挙された数は七九一三人（うち売春婦四一八四人）で、防止法施行前の三十二年一年間より一六三五人だけ上まわりました。

東京では売春防止法で約五〇〇〇人の女が、赤・青線から足を洗ったはずだったが、就職難や複雑な家庭事情のため、更生したのはごくわずかで、警視庁が検挙して地検の更生保護相談室に送った四一八四人のうち、更生したのは五四〇人、残りの大部分は生活指導中に雲がくれしてしまった、ということです。

さらに同書は「ニューフェース売春婦の増加」という節を設けて、売防法の実施以降、人も場所もそれまでにはなかったタイプの売春が見られるようになったとも述べているのだが、そこには「バー、喫茶店、料理屋」などでの売春が挙げられており、そうだとすると、「最後の一線はあくまでも譲らず」などという加代たちの手練手管の芸などは、もはや時代遅れの遺物以外の何物でもなかったのだ。加代が「ささ雪」をやめた経緯については特には触れられていないが、ひょっとすると「ニューフェース」へとイメージ・チェンジした「ささ雪」が必要としていたのは加代たちではなく、初枝のような女性たちだったのかもしれない。

8

こんなふうに見てくると、初枝と加代とのあいだにあった、アマチュアの進出におびやかされる玄人芸、という構図は、より厳密には、売防法の登場によって男と女の世界におけるそれまでの「棲み分け」原則が崩れ、初枝たちのような性をもっぱらとする層が、「客の捌き方」とか「お座敷の巧さ」とかの手練手管の芸を身上とする女性たちの世界にも侵出してきた、そうした勢力分野の変化・交代の構図へと置き換えられなくてはならなかったことがわかる。そしてそれと軌を一にする現象として、料亭から料理店へ、飲み屋へという、「歓楽」（『東京案内記』）の世界における民主化＝大衆社会状況の進行という事態があったのだ。

さて、これを小説の世界に戻して考えてみると、どのようなことになるのだろうか。先に、川崎と加代と初枝の三者の関係をめぐって、三つ（ないしは四つ）ぐらいのケースが考えられると指摘しておいた。その時は、初枝対加代の関係は、単に若さ対ベテラン、ないしは「アプレ型」対大人の対立図式で見ていたわけだが、ここに「赤線にいた女」対玄人芸、という因子を加味すると、かなり方向は限定されてくるように思う。川崎が加代にすっぽかされることをも「愉しんで、いつかは網を打ってみせる」ことに生き甲斐を見出すようなタイプだったとすれば、万事は金次第の初枝に惹かれていったとは考えにくいのである。つまりは②の可能性が強まるわけだが、いっぽうその態度も検討し直してみると、加代の対抗心を煽るように意識的に初枝のことを持ち出している気配が感じられ（初枝は来ているかいと尋ねたり、あの女はちょっといいねとささやいたり）、その意味では疑心暗鬼の加代の目に初枝に気があるように見えたというよりは、(b)＝実際にも（加代の嫉妬心をかきたてるために）初枝を意識した言動をとっていた可能性が高い。

要するに、結論としては②(b)のタイプが有力ではないかと思うのだが、残念ながら加代はそれを見抜くことができなかった。すでに見たように、「その場の」「意地だけ」で、「身体を張っても、奪られたくなかったのです」との思いに駆られて、自己のアイデンティティとも言うべき手練手管の芸を放棄してしまったのだ。もちろんこれは巨視的に見れば、性の世界の棲み分け原則が崩れ、万事は金次第の濁流が玄人芸の世界を呑み込んでいったなかでの、ささやかな一事例に過ぎなかったのだが。

──この頃をさかいに急速に進んだ、「歓楽」の世界における、あるいは男と女の世界における構造的変化（＝マス社会の到来）に無自覚なままに、若い女と一人の男を張り合うというきわめて矮小化されたかたちでしか、それを受け止めることができず、それゆえにみずからの存在の拠り所をも放棄して独り相撲のあげくに身を引いていった女のドラマ。それが、冷たい冬の雨＝氷雨が降り続くなかで起こった出来事の一部始終だったのである。

清張一口メモ：高度成長期と清張ミステリー

一貫して、清張ミステリーを高度成長期との関係で考えている。作品と時代との相互関係に光を当てる試みを続けているのである。清張ミステリーの真価がうかがえる昭和三十年代の作品群の充実ぶりは、実は高度成長期という現代史上稀にみる激動期と松本清張という希有な個性とのぶつかりあいによってもたらされたのではないか、という考えに基づいてのことだ。

それ以前の推理・探偵小説がもっぱらトリック一辺倒であったのに対して、清張ミステリーは犯行動機重視への転換を図り、ひいてはその動機の担い手である人間と彼を取り巻く社会とに鋭く迫っていったことから「社会派」と称されたことはよく知られている。社会へのするどいまなざしとその核心をつかみとる力、それが社会派の目指したものだったのである。

では、その社会派を先導した清張が立ち向かった昭和三十年代の社会＝高度成長期とは、どのような時代であったのだろうか。──一言で言えば、高度成長期とは、上昇気流に乗ることができたか否かで、持てる者と持たざる者とのあいだに極端な格差が生じた時代、と定義できるだろう。今以上の格差社会だったのだ。そしてその格差が、さまざまな感情や言動や、さらには事件の温床となった。

優者に対するコンプレックスだとか、やっかみとか復讐心などもその格差から生まれたものだし、逆に劣者に対しては、権力を傘に着た強圧的な振る舞いとかも、そこから生まれてくる。あるいは劣者が優者へとのし上がろうとして強引な背伸びを試みるなど、両者を隔てる距離こそは清張的なテーマが発酵し熟成するのにかっこうの土壌だった。

しかし、これらの情念がある一線を越えて「事件」へと転化するためには、高度成長期ならではのもう一つの側面の関与が必要だった。それは、「所得倍増」といったスローガンに端的に象徴されるような、物質的価値を至上視する功利的な風潮である。実際、高度成長期以降、お金とか点数こそがすべて、とみなすような風潮が急速に広まっていったことは記憶に新しいところだ。

われわれの身の回りを振り返るだけでも、かつては「清貧」とか「武士は食わねど高楊枝」的なやせがまんとか、もっと身近なところでは「勉強はできないがそれにまさる取り柄の持ち主」などといったものが一目置かれていたものだが、もはやその手の精神的価値は、お金とか偏差値の前では何の意味もないものとなってしまった。

だが、実はそうした精神性こそは、「事件」への転化の歯止めとして機能していたものだったのである。たとえば富者へのねたみという情念を抱く者がいたとしよう。かつては道義心なり正義感なりの精神性が歯止めとなっていたのに、物質的価値万能の風潮下では、富さえ手に入ればいいということになり、情念はいともたやすく事件＝犯罪へと転化してしまう。この時期の清張ミステリーの定番である贈収賄事件や愛人問題にしても、同様の背景を指摘できるだろう。

持てる者と持たざる者とのあいだに大きな格差が生じ、他方で精神性という歯止めを失った高度成長期は、かくして清張的情念がどんどん事件へと現実化してしまうきわめて特異な時代だったのだ。そうした時代と社会に清張は社会派の領袖として立ち向かっていったわけだが、一口に社会派とは言っても清張ほどの深さと鋭さでその時代と社会の核心をつかみとることのできた作家は他にいない。

当然そこには、若い頃から数々の辛酸をなめてきた人生経験の豊かさが社会の歪みや人の心の痛みを敏感にかぎつけさせた、というような側面も関係していたにちがいない。「高度成長期という現代史上稀にみる激動期と松本清張という希有な個性とのぶつかりあい」という言い方をしたのも、その意味においてなのだ。高度成長期は清張という人生の達人によってその特質をえぐりだされ、同時に清張文学は複雑多岐にわたる高度成長期を描きとることで、さまざまな主題、シチュエーション、趣向を与えられ、それらを作品の不可欠な構成要素として取り込むことで、高い完成度を手に入れることができた。昭和三十年代の清張ミステリーは時代と作品との相互性が生んだ、空前にしておそらく絶後の達成だったのである。

8章　小説とノンフィクション

1　松本清張における小説とノンフィクション
――「ある小官僚の抹殺」を手がかりとして――

1

ここでくわしく検討してみたい「ある小官僚の抹殺」（『別冊文芸春秋』昭33・3）について、拙著の『清張ミステリーと昭和三十年代』（文春新書、平11）では、もっぱら、汚職事件の犠牲となる小官僚の悲劇、というテーマの面から前作の『点と線』（昭33）との関連を探ってみた。

その結論をひとことで言えば、『点と線』が有名な東京駅ホームでの四分間トリックに代表されるミステリー性（?）に偏りすぎていたために、その反省から、汚職事件の犠牲となる小官僚の悲劇という社会的なテーマにもう一度取り組もうとした作品、と位置づけてみたのである。と同時に、わずかひと月ほどの時差で『点と線』の単行本と「ある小官僚の抹殺」とが世に出たことから（昭33・2刊↓昭33・3発表）、作者のみならず、同時代読者にも、再挑戦というか、仕切り直しのニュアンスで受け止められたのではないかとも指摘しておいた。

両作品の連続性ということでもっとも見やすいのは、この二つの作品に同様の言い回しによる汚職論が見られるということだ。まず「ある小官僚の抹殺」に出てくる講釈を噛み砕いて紹介すると、こんなふうになる。――近頃の汚職事件においては課長補佐級の人物の自殺が頻々と起こるが、長年下積みをしてきた彼らはたまたま上役に目をかけられると半ばあきらめていた出世欲に目覚め、そのぶん上役への恩義を人一倍感じ、そんなところから上役に迷惑を及ぼすまいとしてみずから進んで命を絶ったりもするのだ。

そしてこれとそっくりな一節が『点と線』の中にもある。『点と線』では講釈をたれていたのは三原警部補の上司の笠井主任だ。

「課長補佐というのは……年季を入れた職人のようなものだ。そのかわり、出世は頭打ちだがね。後輩の大学出の有資格者が自分を追い越してゆくのを見ているだけだ。本人もあきらめている。……しかし、一度上の方から目をかけられると、そんな人たちは感激するね。今まで諦めていた世界に希望の光明がさすのだ。将来の出世が望めそうなのだ。だから、その上役のためには犬馬の労をつくそうと思う。……なにしろ課長補佐というのは義理人情家とみえて、一省の危急存亡を背負ったつもりでよく死んでくれる。」

これらを見ても、両作品の連続性なり同一テーマへの再挑戦ぶりはうなずけるが、実は『清張ミステリーと昭和三十年代』の結論は、「ある小官僚の抹殺」においても『点と線』の不足部分は必ずしもうまくは充塡されなかったのではないか、というものだったのである。『点と線』の不足部分とは、渦中の小官僚が死に至るまでの内面の推移のことだが、もう少し具体的に言えば、『点と線』では、贈収賄の片棒を担がされた課長補佐の佐山が置かれていた状況と哀れな情死体で発見される様子とは――つまり最初と最後とは――ハッキリ描かれていたものの、その間の経緯が十分には描かれていなかったことを指す。「悲劇」の内側への眼が、あるいは悲劇の摘出の仕方が、不十分であったと言い換えてもいい。

「ある小官僚の抹殺」になると、確かに、汚職事件に巻き込まれた小官僚をめぐる周囲の事情や状況は『点と線』と比べて格段に詳しくなってはきているが（自注類によれば、捜査記録通りとのこと）、それらは、あえて言えば遠巻き部分に過ぎず、肝腎の「悲劇」の内側部分に関しては、依然として、十分には描かれていないように思う。具体的に言えば、砂糖の輸入割り当てをめぐって業界の幹部が政治家に贈賄し、小官僚の唐津がその仲立ちをしたところまでは明示されているものの、たとえば、そうした不正行為を唐津がなぜ、どのような思いでしたのか、とか、あるいは、捜査の手が身辺に及んできそうな状況のなかで、唐津が何をどう考えていたか、さらには本当に自殺を決断したのかどうか、といったようなことになると、事態は『点と線』とさほど変わってはいないのである。

結局、『清張ミステリーと昭和三十年代』では、この難問への挑戦は『山峡の章』（昭35～36、原題

「氷の燈火」）や「危険な斜面」（昭34）といった小説においても続けられ、「組織のなかで翻弄される小官僚ないしは小サラリーマンの内面に迫るという目標は、こうしていくつかの試行錯誤を経て徐々に実現されていった」と結論づけたが、本当を言うとこれだと、事象の片側しか跡づけていないことになる。つまり、「悲劇」の内側の追求はもっと大胆な（＝モデルとしての現実に縛られない）小説という形態でないと、という結論だったのだが、その半面には、社会問題としての告発に重きを置いた時にはどういうかたちをとるのか、という問題も残されていたはずだからである。

そんな問題意識を持って読み直すと、この「ある小官僚の抹殺」という「小説」は、いろんなことを考えさせてくれる作品だ。小説性とノンフィクション性の混在、とも言えるかもしれないし、小説とノンフィクションとに向かう分岐点上で思い悩んだ（？）作品、とも見立てることができそうにも思える。だとすれば、この作品を精査することで、小説とは、ノンフィクションとは、という難問にも、そのとば口ぐらいまでは辿り着けるかもしれない。

2

この作品の最大の特徴は、終盤になって突如として、「数年前に起こった不発のこの事件に」「興味をもった」「私」なる人物が登場してくる点にあるのだが、その問題は後回しにして、その前にまず、全体の流れをおさらいしておくことにしよう。

「ある小官僚の抹殺」は全八章の構成になっており、そのうち前半の五章まででは、密告電話をキッカケとして汚職事件の捜査がひそかに進められていく過程が、捜査当局側の立場からたどられている。しかし、三章の冒頭では早くも事件の鍵を握る渦中の唐津課長の「自殺体」が発見され、以下では「自殺」の真相がもう一つの焦点となっていくが、温泉旅館で唐津と最後に会い、翌早朝「自殺体」を発見した、「政界や官庁に顔のきく札つきの陰のボス」である篠田正彦の存在に阻まれて、自殺か否かの究明は進展しない。また、鍵を握る人物の死によって汚職事件そのものも究明を阻まれてしまうというような展開だ。

そうした行き詰まりを承けて、六章から始まる後半の三章では時期設定をそれから数年後とした上で、作者の分身（？）である「私」が登場させられているというわけだ。そしてその「私」がかつての事件のデータを集めたり、縊死の現場の旅館を訪ねて聞き取りをしたりするのだが、それによって新たに得られたものと言えば、せいぜい旅館の部屋が鍵がかかるようになっていたという情報ぐらいであって、データ的にはほとんど変わりはなかった。

ただ、推測には禁欲的であった前半部分に比して「私」が登場する六章以降では、思い悩む唐津が篠田に強引に自殺を強いられたのではないか、とか、さらにはもっと踏み込んで、篠田に首を絞められたのではないか、とかいう方向へと放恣に想像がふくらまされており、その分、読者の印象のレベルでは、篠田の行為の犯罪性と贈収賄事件の理不尽性とを強くアピールする結果となっている、とは言えよう。

こうしてまとめてみてもわかるように、「ある小官僚の抹殺」という作品は、資料に基づいて禁欲的に書かれたノンフィクション的な前半部分と、「私」を登場させて恣に想像させた小説的な後半部分とが、よく言えば棲み分けされており、悪く言えば、分裂してしまっている。しかも、あろうことか、前半部分は三人称体で、後半部分は一人称体で、といったように人称からしてすでに（一つの作品であるにもかかわらず）食い違うという派手な分裂ぶりだ。

3

ここで、前半と後半のありようをもう少し丁寧に見ていくと、資料に基づいて禁欲的に書かれた部分というのは、たとえば、唐津の死体発見をめぐるこんなくだりだ。

　発見者について、いちおうの事情はきいた。その人は篠田正彦という名である。唐津課長とは友人で、二月二十八日夜、岡山の出張から帰る課長とこの熱海の旅館で落ちあい、翌日の三月一日の朝から篠田氏の部屋で麻雀をはじめ、それは夜の十一時近くまでかかった。（中略）快活に（唐津は―藤井）世間話をしていたし、麻雀もたのしそうにやっていた。まさか自殺するとはおもわなかった、と語った。

あるいはこんな個所もそうだ。

捜査係が旅館「春蝶閣」の者にたずねると、その返答はこうである。二月二十八日の午前十一時ごろ、篠田から宿に電話があり、今晩、三人連れで行くが離れの部屋を二部屋用意してほしいと申込みがあった。（中略）（唐津は——藤井）たいそう機嫌のいい顔をしてたのしそうにみえたという。

こうした例は無数に挙げられるが、これとは反対に、出所を明記せず想像もさせないような小説的部分はここにはほとんどない。それほどノンフィクション的な書き方が貫かれているのだ。「小説的」と言えば、ここにはのちのニュージャーナリズムに見られるような描写的な部分（本書次節「ノンフィクション史のなかの清張」参照）も効果的に織り交ぜられている。たとえば冒頭部分がそうした例の一つだ。

昭和二十×年の早春のある日、警視庁捜査二課長の名ざしで外線から電話がかかってきた。呼び出しの相手を指名しているくせに自分の名前を云わない。かれた、低い声である。課長は受話器を耳に当てながら、注意深く声の背景を聞こうとした。電車の音も、自動車の騒音もなく、音楽も鳴っていなかった。自宅から掛けているという直感がした。

「描写」とは言っても、これなどは百パーセント何らかの資料なり証言に基づくであろうことが想像される個所だが、それでは、逮捕された業界の理事長の沖村の取り調べを記述した次のような部分はどうだろうか。

だが、このころになると沖村喜六の顔はひどく憔悴し、ときには言語に支障を来たすことがあった。精神の消耗が目立っている。取調室は狭くて汚ない場所である。書類を入れた箱がごたごたと積み重なっている埃っぽい乾いた風景だ。その埃が沖村喜六の心にも無情に降っているようにみえた。彼の主張を支えた精神の支柱は強靱さを失い、今にも崩壊しそうだった。

これになると、何かに基づいて、と言うよりは、すでに純然たる小説的描写に入り込んでしまっているという感じがする。それでもこうした部分はごくわずかあるに過ぎず、資料に基づいて禁欲的に書かれたノンフィクション、という前半部分の基本的な性格を脅かすまでには至っていない。

やはり量は少ないが、前半部分には、資料に基づいて、というのとは異質な「講釈」的部分も混じっている。先に引いた密告電話の描写のすぐあとに続く部分だ。

いうところの汚職事件が新聞に発表されたとき、人は捜査当局の神のような触覚に驚く。いったい、どのようにして事件の端緒をかぎあてたのであろうかとふしぎな気がする。（中略）／汚職事件には直接の被害者がない。金品を贈った方も、もらった方も利益の享受者である。公式めく云い方をすれば、被害者は国家であり、国民大衆である。しかし、これは茫漠として個人的には被害感を与えない。／個人は被害感を実得しないかぎり、告訴はしないものだ。汚職事件は個人的には被害者が不在で、利益者のみで成立している。／利益者たちは、相互の安全を擁護するために秘密を保持している。相手の露見はおのれにつながっているから、これほど堅固な同盟はない。

以下、秘密保持が万全だとすれば摘発は捜査当局の超人的な能力の賜物と思いがちだが、そうではなくて、たいていは密告を端緒とすること。そして「堅固な同盟」に間違いないとすれば密告は外部からと思うかもしれないが、外部からでは情報量に限度があること。では内部からなぜ密告者が出るかといえば予定が狂って利益から疎外されたためだ、というふうに講釈は続くが、こうした部分も、資料に基づく叙述と並んでノンフィクションを構成する重要な要素と言えるだろう。

4

では、後半の、「私」を登場させて放恣に想像させた小説的部分のほうの書き方はどうなっていただろうか。「数年前に起こった不発のこの事件に、私は興味をもった」と書き出される六章以降では、まず疑獄事件の際に頻発する課長補佐級の自殺は実質的には「精神的な他殺」とみなすべきであるとした上で、この砂糖事件の「自殺」は、それともちがうのではないかと早くもほのめかしている。

唐津の足取りやら篠田との接触の経緯を述べたあとで、篠田が唐津に因果を含ませたのではないかと想像し、「君が逮捕されて、いっさいがわかったら大変なことになる」云々という篠田の言葉まで再現してみせるのである。「私」の想像はさらに続く。――ためらう唐津の態度を見て取った篠田が、次は擬装自殺というかたちで唐津を縊死させたのではないか、とまで推理を進めていくのだ。「縊死させる方法はいくらでもある」、「縊死を遂げさせるには、何も鴨居から吊りさげなくてもできる」、「要するに体の重心が下に安定せず、重力が頸にかかって紐が気管を締めつけて圧迫すれば、縊死の目的は達せられる」といったように。

八章では、「私」はこの推理の裏付けを求めて事件のあった旅館に足を運ぶことになる。そしてそこで鴨居ではなく床柱に縄を巻き付けてもう片方を泥酔した相手の首に掛け、中腰にさせるだけでも「縊死」は擬装できそうなことや、何よりも、部屋には鍵があり、唐津が鍵を掛けていたとすれば、篠田が証言するような、唐津の部屋を訪ねて鴨居からの縊死体を発見することなどは不可能であるとの感触を得る。鍵の件は、篠田を部屋に招き入れた唐津が泥酔させられ、縊死を擬装されたのではないかという「私」の推理を後押しする事実とみなせるのである。

土産を買ったり按摩を呼んだりといった唐津の二、三日来の言動を根拠に自殺説に疑義を呈したり、鍵の存在に根拠を求めたり、というように一応は事実に基づいた推理であるとはいえ、それにしても「私」の想像が、①ふつうの「精神的な他殺」とはちがう、②因果を含めるのにも失敗、③擬装縊死、へとエスカレートしていくさまは、前半の資料に基づいて禁欲的に書かれたノンフィクション的な部分とは相当なへだたりがある。

前半部分にも、この方向でのほのめかしが皆無というわけではないが、せいぜい、唐津の自殺と篠田の名前とを知らされた捜査当局の反応を記した「予想されるのは、篠田正彦が唐津課長に因果を含めて自殺させたのではないか、ということである」という一文とか、「宿の者は鴨居からぶらさがっている死体を見ていない」や「発見者の篠田正彦が不注意にも（死体を―藤井）降ろしたからである」に振られた思わせぶりな傍点とかが目につく程度であって、とうてい後半部の比ではない。明らかに異質の原理に基づいて前半と後半とは書かれており、しかもそれが人称という形態上の差異まで抱え込むかたちで、あろうことか、一つの作品として結合されてしまっているのだ。

5

もちろん、手紙なり長ぜりふに切り替わるか挿入されるかして、三人称体のなかに途中から一人称体が入り込んでくるのならわかる。要するに入れ子状であればいいわけだが、そうでもなくて三人称体の前半部分と一人称体の後半部分とが結合されてしまった「ある小官僚の抹殺」の今あるかたちは、よほど異例なものとみなさなくてはならないだろう。

だとしたら、ここから言いうることとしては、①前半の禁欲的なノンフィクション的な書き方で押し通すわけにはいかなかったのか、②どうしても「推理」は混ぜたいのだとすれば、前半（三人称体）か後半（一人称体）のどちらかの書き方に統一するかたちですべきではなかったのか、の二つではないだろうか。さらには、どちらかへの統一が不可能であったとすれば、それはなぜなのか、無理に統一しようとするとどんな事態になったのか、というような問題も当然付随的に出てくるはずだ。

そこで、まず①の可能性についてだが、これはもう最初から問題なく却下されざるをえないだろう。資料に基づいた禁欲的な叙述だけでは作者としては不本意なのは目に見えているし、自注類を参考にしても、やはり清張としては、資料に基づくいっぽうで、不分明部分に関しては推測を加えてこそ全体像は表現できるという考えに傾いていたはずである。とすれば選択肢は②しかなかったということになるが、今度は前半か後半のどちらのかたちで統一すべきか／できたか、というもう一つの難問が待ち受けている。

まず前半のかたちでの統一を考えてみよう。そうすると当然、現在の三人称体のままで、あとのほうでは推測に推測を重ねることになる。今ある「後半」部分の推測のような内容の。そうなるとその推測主体は誰かという問題が浮上してくる。主体の問題は、資料紹介を中心とした現在のかたちでもすでにあるわけだが、この場合は曖昧模糊とした無人称の話者と考えてもいいし、一般の読者感覚にしたがって「作者」と考えても、どちらでもよさそうに思えるが、「推測に推測を重ねる」となると、やはり正体不明の話者というわけにはいかなくなり、推測主体は限りなく「作者」に近づいてこざるをえないだろう。そうなると、かりに「私」を出さずに三人称体のままで書かれてあったとしても「私」がいるのと同じことになり、あえて前半部分のかたちで統一する＝無人称の話者による三人称体で一貫させる、意味はないことになってしまう。

このように考えてくると、もし現在の異例なまでの「分裂」を放置しないとすれば、選択肢としては、後半のかたちによる統一が唯一のものであったことになる。だとしたら、なぜ「ある小官僚の抹殺」という作品は、冒頭から「私」を主体として、資料を集め、解読し、さまざまに推理や想像をめぐらし、ついには実地見聞に及ぶ、というふうに書かれなかったのだろうか。これが、残された最後の問題だ。

可能性としては、話者の能力という問題もありうる。どんな資料をどこまで利用できるかという点で、「私」では限界があったかもしれないという考え方だ。もっともその場合、「私」とは誰だったのかという問題も付いてくるわけだが、ふつうの読者感覚では、作者その人という受け取り方も当然有力であったと思われる。そうだとしても、作中人物として他の登場人物と同じ地平上に姿を現してしまった作者や、生身の話者では、前半部分に見られるような至れり尽くせりの資料紹介は無理があるので、そこで超人的な正体不明の話者＝三人称体の無人称の話者が必要であったかもしれないという考え方だ。

いっけん説得力のある解釈のようにも思えるが、実は後半部分の生身の話者＝「私」による「この事件のデータをあつめ」る手際というか、能力は、前半部分の話者によるそれと比べてもほとんど遜色がない。六章から七章にかけてが「私」が資料を集め、解読し、さまざまに推理や想像をめぐらしている部分だが、そこで参照された資料の詳しさは、前半部分と比べても質的、レベル的な差異は認められないのである。

結局、原因を話者の能力に帰するのはどうも無理そうなのだが、もう一つの考え方として、実は後半のかたちによる統一は実質的にはすでにかなりなされていた、と見ることもできるかもしれない。根拠となるのは、いぶかり、推理し、確信し、きめつけていく、その語り口の類似性である。

たとえば、「私」が主体であることがハッキリしている後半部分でのそれを見てみると、「その心理はどのようなことであろう」、「自殺するのはどういうつもりであろうか」、「なにかと目をかけるに違いない」、「上役の知遇に感銘するだろう」といった調子であり、「問いかけ」と「推測」と「きめつけ」の巧みなコンビネーションが「私」の推理に弾みをつけ、ある種の結論へと導いていっている。

実は似たような表現が前半の無人称の話者による進行部分のなかにもすでに見られる。無人称の話者らしからぬ、後半の「私」ばりの、生身の話者を思わせるような語り口が見られるのだ。例をいくつか挙げてみると、「と考えるのが適切かもしれない」、「そのことで捜査当局は闘志をもったと思える」、「捜査官の心もゆるんでいたのであろうか」、「先生と呼ぶのは何だろう」、「将来の道に光明を降りそそがそうとしたのではあるまいか」、「自分の将来にばら色を空想したに違いなかった」、「その大部分は篠田正彦の教示であったに違いない」、「篠田正彦こそ、事件を組み立てた男ではなかったか」等々といった調子である。このなかには「捜査当局」を主体としているとも取れるものも混ざっているが、それにしても、かなり多くの、生身の話者による推測や判断が存在するのはまちがいない。加えてその語り口の類似性。

つまり、「私」こそ登場していないものの、実質的には〈隠れ「私」〉的な話者が存在しており、その意味では、後半のかたちによる統一は実質的にはすでにかなりなされていた、と見るのも不可能ではないのである。実際、精読者でなければ、前半部分に「私」がいないことにも気づかず、したがってこの作品を、「私」を主体として、資料を集め、解読し、さまざまに推理や想像をめぐらし、ついには実地見聞に及ぶ話として受け止めてしまうというようなことだって十分に考えられる。だとすれば、「私」の居る／居ないに、それほど目くじらを立てる必要などないという極論も、またありうるかもしれないのだ。

6

「分裂」を放置しないとすれば、後半のかたちによる統一が望ましく、しかもそれは語り口などを見る限りでは実質的にはかなり進んでもいた、にもかかわらず、他方では、資料に基づいて三人称体で禁欲的に書かれたノンフィクション的な前半部分と「私」を登場させて恣に想像させた小説的な後半部分という、異質なものが並存する現実からも目を背けるわけにはいかない、というところまではこぎ着けたわけだが、作品の内部からではおそらくこれ以上先に進むことは無理で、ここまでが限界だろう。だとしたら発想を転換して、その後の清張作品から逆照射することで、この作品のありのままの姿を最後にもう一度念押ししておくことはできないものだろうか。

それというのも、清張には前半部分と後半部分とをそれぞれに発展させたと見立てることもできる二つの作品が存在するからなのであり、前半部分を発展させたのが言うまでもなく『日本の黒い霧』

(昭35)であり、後半部分の書き方に再挑戦したのが「小説帝銀事件」(昭34)だったのである。

前者の「あとがき」にあたる「なぜ『日本の黒い霧』を書いたか」(『朝日ジャーナル』昭35・12・4)で、「調べた材料をそのままナマに並べ、この資料の上に立って私の考え方を述べたほうが」云々とみずから言い、別のところでは「資料はほとんど正確なものを使ったし、それから細部の小さなデテールに至っては、僕自身が人に会ったりして」(青柳尚之「『一人の芭蕉』松本清張」『宝石』昭38・6)とも述べている『日本の黒い霧』が、前半部分の書き方をまっすぐに継承していることは明らかだ。ちがうのは、資料に対して「考え方」を述べる「私」を登場させていることだが、ただしこの「私」は例の「私」(「ある小官僚の抹殺」の)とはちがい、百パーセント清張その人と考えていいような「私」であって、その意味では「ある小官僚の抹殺」の前半部分もこう書けばよかったのだという、ささやかな修正版の提案のようなものであったとも言える。いずれにしても、資料に対して「考え方」を述べる「私」を登場させたからといって、「ある小官僚の抹殺」の前半部分から『日本の黒い霧』へと継承されたノンフィクション的性格の本質が影響を受けた＝変質した、とまで考える必要はないのである。

もう一つの、「小説帝銀事件」と「ある小官僚の抹殺」の後半部分との関係はどうだろうか。そのことについて考える前にまず「小説帝銀事件」の書き方を紹介しておくと、ここでは狂言廻し的な役割の「R新聞論説委員仁科俊太郎」なる人物が最初から登場する。そして帝銀事件の十年近く後に仁科と元警視庁幹部の岡瀬隆吉が出会い、事件のことが話題になるところから小説はスタートする。しかし、十年後の「今」が記されるのは数ページに過ぎず、小説はじきに昭和二十三年という時間のなかに入っていき、事件の発生から平沢の逮捕、「自供」、「否認」を経て公判の開始までが辿られる。仁科が再登場してくるのは小説が半ばを過ぎてからであり、その部分はこんなふうに切り出されている。

R新聞論説委員仁科俊太郎は、毎日、朝は早く起き、夕方、新聞社から帰ると、夜遅くまで、「強盗殺人被告人平沢貞通」の捜査記録や、検事調書、検事論告要旨、裁判記録、精神鑑定書、被告人手記、弁論要旨などを読み耽った。

以下では、仁科が資料類を読むかたちを借りて資料が引用され、それを承けて仁科の推理が述べられ、というような二人三脚の展開となっている。そして七三一部隊の関与の可能性や当時の米軍による捜査妨害の可能性が、仁科がつかんだ感触として提示されて小説は閉じられる。

この仁科がとった行動が、過去の事件のデータを集めたり、縊死の現場の旅館を訪ねて聞き取りをしたりして放恣に想像をふくらませていった「ある小官僚の抹殺」の「私」のそれと瓜二つであったことは言うまでもない。ただ、決定的に違うのは、「小説帝銀事件」では仁科は冒頭から登場しており、「ある小官僚の抹殺」のような分裂は見られないということだ。「私」を最初から登場させて、という「ある小官僚の抹殺」に対する修正案が、「小説帝銀事件」では実践されている趣なのだ。

ここでちょっと気になるのは、前にも少し触れた「ある小官僚の抹殺」の「私」は誰か、という問題だ。一般の読者感覚からすると、作者その人ともとれそうであり、そうなると「小説帝銀事件」の仁科とはだいぶかけ離れてしまう。むしろ『日本の黒い霧』の、資料に対して「考え方」を述べる「私」＝作者のほうに近いくらいであり、そうなると「ある小官僚の抹殺」の後半部分から「小説帝銀事件」へ、という当初の見立てそのものが崩れてしまうことにもなりかねない。

そもそも、「ある小官僚の抹殺」の「私」は、正確にはどう書かれていたのだろうか。書かれている範囲で言えば、「私」の友人が岡山県のある食品工場に勤めていて視察に来た唐津を迎える立場にあったということと、熱海の旅館に行って一泊できる程度の暇とお金の持ち主、ということぐらいしか手がかりはない。ただ、前者の特徴は、四角ばって受け取る限りは作者には結び付きにくい。その意味では、作者とは考えるべきではないとの合図とも取れるのだ。もちろん、そうした方向が徹底されている（仁科のように）とはお世辞にも言えない。しかし、単純に作者とイコールでもないのだから、「ある小官僚の抹殺」の後半部分の発展型としての「小説帝銀事件」、という捉え方は依然として有効性を失ってはいないはずだ。

7

見てきたように、「小説帝銀事件」と『日本の黒い霧』というその後の作品から逆照射することによっても、「ある小官僚の抹殺」という作品がやはり小説性とノンフィクション性とをあわせもった、あるいは二つの方向に引き裂かれた作品であることは念押しできたと思う。しかも、『日本の黒い霧』においては資料に対して「考え方」を述べる「私」を登場させ、「小説帝銀事件」においては「私」をよりフィクショナルな存在とし、しかも作品全体をそれでおおうといったように、それぞれに改善がはかられてもいた。だとしたら、「ある小官僚の抹殺」という作品は、分裂という点だけでなく、改善が必要な個所をいくつも内在させた、発展途上の作品だったということになる。

三つの作品の関係は以上のようにまとめられるが、最後に、にもかかわらず清張は、社会問題としての告発を目指した時には最終的にはノンフィクションの方向へ、『日本の黒い霧』の方向へと向かうことになったということを付け加えておこう。

理由は簡単だ。かつて清張は、たとえば疑獄と小官僚の死の真相といったような「もっと社会的な、現代の複雑怪奇な様相を書くには、推理小説の方法はある程度有効ではないか」（「推理小説の発想」『推理小説作法』昭34）と考えていた。「こういうものを描こうとしたとき、推理小説的な手法を用いることによって、はじめて、ほんとうの意味での無気味さ、恐ろしさが描かれるのではないか」と。それが「ある小官僚の抹殺」の後半部分的な書き方や「小説帝銀事件」となって現れていたわけだが、前掲の「なぜ『日本の黒い霧』を書いたか」では、なぜノンフィクションを志向するようになったかの理由として、小説のかたちにすると「実際のデータとフィクションとの区別がつかなくなってしまう」、「なまじっかフィクションを入れることによって客観的な事実が混同され、真実が弱められ」てしまう、と告白している。

これはこれでその通りだが、もっと大事なのは、「小説」をうたっていては、そのなかにいくら真実を書いたとしても、読者としては半信半疑にならざるをえないということだ。読者における事実性の判定は複合的に決定されるものではあろうが、その第一関門として「レッテル」の問題があるのであり、そうした、「レッテル」が事実性を疑わせたり、保証したりするという点に、清張の自覚は十分には届いていなかったように見える。どんな掲載誌であり、どんな欄か、どんな位置づけか、という「レッテル」こそがすべての始まりなのだと言ってもいい。ちなみに「ある小官僚の抹殺」は『別冊文芸春秋』に掲載され、そこでの位置づけは「社会小説」となっていた。とすれば、この雑誌で、この位置づけで、ということになれば、いくらそこに「実際のデータ」＝「客観的な事実」を混ぜたとしても、読者は真偽の判断において困惑するばかりだろう。

小説のかたちにすると「実際のデータとフィクションとの区別がつかなくなってしまう」、「なまじっかフィクションを入れることによって客観的な事実が混同され、真実が弱められ」てしまう、ということと以前に、小説と銘打たれることがすでに読者を戸惑わせるのである。その意味では、「もっと社会的な、現代の複雑怪奇な様相を書くには、推理小説の方法はある程度有効ではないか」という「ある小官僚の抹殺」や「小説帝銀事件」のかつての方法そのものが、すでに告発の手段としては見込みちがいだったのであり、無効だったのである。こうしたさまざまな試行を通じて、清張は小説とノンフィクションとの差異と棲み分けについて認識を深めていったわけだが、他方で、その実践記録は、われわれが小説とノンフィクションという問題について考える上で、貴重な手がかりを提供してくれてもいるのである。

清張一口メモ：「西郷札」

「西郷札」は『週刊朝日』が募集した「百万人の小説」の応募作であり、特選こそ逃したものの、「入選」作の一つに選ばれ、同誌の昭和二十六年三月十五日号（春季増刊）に掲載された。

これを、文学的な推理小説の提唱者である木々高太郎に送ったことが、「或る『小倉日記』伝」や「記憶」を『三田文学』に発表することにつながり、さらにはそれが「或る『小倉日記』伝」の芥川賞受賞へとつながったのだから、「西郷札」の執筆は、清張にとってはその後の運命を左右した重要な分岐点であったことになる。

着想のヒントとなったのは、小説の冒頭にも出てくる百科辞典中の西郷札についての記述であったという。そこに想像を加え、男女のドラマや嫉妬・復讐劇で肉付けすることで一編の歴史小説へとふくらませていったというわけだ。

清張はのちに史実や史料を駆使しながら、多くの歴史小説や歴史ノンフィクションを書くことになるが、その萌芽が早くもここに見られるのである。「西郷札」はそのなかでは比較的自由に想像をふくらませた部類に入る。主人公樋村の手記の仮構や引用にそのことはよく現れているが、手記の最後が破り取られていて彼らのその後がわからないなどというのも、いかにも清張らしい終わり方だ。そもそも想像というかたちでの読者の参加は、ミステリーに必須の条件だからである。

2　ノンフィクション史のなかの清張

1

「ノンフィクション」という呼称が、現在のような意味合いで広く一般にも使われるようになったのがいつ頃からであるのかは、必ずしも明らかではない。

たとえば、一部ではノンフィクションの元祖とも目されている『戦艦武蔵』(昭41) の著者吉村昭の実感的な証言によれば、『戦艦武蔵』を書いた頃にはそうした呼称はいまだ一般的ではなく、浸透してきたのはその七、八年後、すなわち昭和四十七、八年頃であったという (インタビュー「小説とノンフィクションの間」『現代の理論』昭60・4)。もっとも、他方では、「今やノンフィクションの時代、といわれて久しいが」云々という、昭和四十五年時点での立花隆の証言 (「私のルポルタージュ論」『出版ニュース』昭45・6・下旬号) もあるのだが、立花はそれに続けて「それにしても、マスコミ市場におけるルポの位置はまだまだ低い」と付け加えてもいたのだから、その浸透度はそれほどのものではなかったとも言えそうである。さらに、両者が言う「ノンフィクション」の指し示す範囲、そのズレと重なり、という問題も考慮しなくてはならない。

筑摩書房から『世界ノンフィクション全集』全五〇巻が刊行され出したのは昭和三十五年のことだが (〜昭39)、そこでの意味合いは、もっぱら探検記、旅行記、戦記、自伝などのきわめて狭い範囲に限られていた。いっぽう、これと並行して、文字通り、虚構を混じえない読み物、非・小説、という茫漠たる定義が、広い範囲で流通していたことも事実である。一九一二年にアメリカで『パブリッシャーズ・ウィークリー』誌が、ベスト・セラーズのリストをフィクションとノンフィクションとの二本立てにしたことがその起源とも言えるが、この分け方に従うと、実用書や辞典のたぐいまでもが「ノンフィクション」に含まれることになってしまう。たとえば、一九七八年版『出版年鑑』が「話題の本と傾向」の項で、「ノンフィクションものの話題」という小見出しのもとに『頭の体操』や『続　間違いだらけのクルマ選び』などに言及しているのはその一例であり、こうした分類法は、出版ジャーナリズムの世界では依然として広くおこなわれているようである。

このように狭義のノンフィクションとほとんど際限もないほど広義のそれとに引き裂かれつつあったところに、ルポルタージュやドキュメンタリーに代表されるもう一つの限定的な意味をもったノンフィクションが参入し、その枠を拡大すると同時に、いっぽうでは、ふさわしからざる異物を排除することによって、現在おこなわれているような意味でのノンフィクションがその輪郭を次第にはっきりとさせてくる、というのが、ジャンルとしてのノンフィクションの成立のおおざっぱな見取り図だ。吉村、立花両者の言う「ノンフィクション」も、その四種のうちのいずれを指すかによって、捉え方にズレが生じるのはむしろ当たり前なのだ。ともあれ、ジャンルの成立にあたっては、一九六〇年代後半にアメリカに出現したニュージャーナリズムの影響も当然大きいだろうから、時期的に言えば、ジャンル成立に向けての動きは昭和四十年代に入ってから胎動を開始し、それからほぼ十年余りをかけて完了した、とみなすことができよう。

「ノンフィクション」という呼称の揺れと推移をめぐっては以上のように整理できるとして、実はジャンルとしてのノンフィクションの成立以前に、ということは「ノンフィクション」が、いってみれば探検記と実用書とに引き裂かれていた時代に、すでにほぼ現在のノンフィクションに相当するものをそっくりそのまま摑み取る捉え方が存在したことを見落としてはならない。――「記録文学」、と呼ばれていたものがそれであり、極端な言い方をするなら、これにニュージャーナリズムが加わって改名した結果が現在のノンフィクションである、といってもよいほどに、両者は多くの点で重なり合っていたのである。

2

昭和三十八年に刊行された、杉浦明平・村上一郎編の論集『記録文学への招待』は、期せずしてこれまでの記録文学の歩みを総括し、来るべきノンフィクションの時代への橋渡しの役を果たすことになった。

もっとも、そうは言っても、この時点で記録文学なるものの定義や範囲がすでに確乎たるものとしてあったというわけではない。その「序」で杉浦が言うように、読者になじみが薄く、単なる記録や小説との境界も曖昧で、定義すら定かでないのが記録文学だったのである。しかし、そのことは、それまでの記録文学の成果が貧しいことを意味するわけではなかった。むしろ、それまでの豊饒な成果を記録文学の名のもとにひとくくりにし、その特質と現代的意義とを確認することが、その目指すところであったのである。そして巻頭に掲げられた杉浦の論文「記録文学の伝統と現代における問題点」は、その範囲を、ルポルタージュ、紀行、自叙伝、伝記、日記、手紙、探検記、社会探訪、調査報告、生活記録などとした上で、杉田玄白の『蘭学事始』から広津和郎の『松川裁判』（昭33）に至る系譜を辿り、社会権力と鋭く対峙する、文学における記録精神の重要性を説いている。

ところで、記録文学からノンフィクションへの移行、その継承と重なりについて考えようとする時、見逃せないのが「ノンフィクションと現代」（『週刊読書人』昭42・8・21、28合併号）と題された杉浦のエッセイだ。杉浦はここで、いわゆる文学からは得られない、日記や回想録からうかがわれる生々しさや人間臭さを評価した上で、「複雑化しさまざまな文化的産物によって氾濫する社会を全面的にとらえ」たり、大人の読者を満足させられるのは、「フィクションのない、もしくはごく少くない素材的なもの」ではないかと言っている。これが記録文学のことを指しているのは一目瞭然だが、それがここでは、おそらくは編集部の意向もあって「ノンフィクション」へとスライドさせられているところが興味深いのだ。ノンフィクションという名のもとに一つのジャンルが成立させられていく、その舞台裏の一コマと言ってよいかもしれない。ちなみに編集部がエッセイの巻頭に付したキャプションは、このようになっている。

トルーマン・カーポティの「冷血」（新潮社刊）、吉村昭氏の「高熱隧道」（同）など、文学におけるノンフィクションの手法が注目されている。事実に裏打ちされた文章の重みは読者に感動をあたえ、訴えかけてくる。そのノンフィクションがフィクションを超えて、人間性に訴えかけ、思索・行動の源泉となりうるか、（後略）

後述するように、原著が一九六五年に、邦訳が一年後に刊行されたカポーティの『冷血』は、ニュージャーナリズムの一翼を担ったノンフィクション・ノベルの最初にして最大の作品であり、この紹介文一つをとってみても、記録文学がニュージャーナリズムの影響下に、実質はほとんど変わらぬままで、ノンフィクションへと衣替えさせられていった背景が、よくわかる。

さらに、こうした動きの余波は、小説の世界にも及んでいた。すでに杉浦が前掲の「記録文学の伝統と現代における問題点」では井伏鱒二の『ジョン万次郎漂流記』（昭12）に、『記録文学の世界』（昭43）では石川達三の『人間の壁』（昭33〜34）や井上靖の『天平の甍』（昭32）などに言及していたことからもわかるように、一部の本格的な記録小説や歴史小説は、記録文学としても位置づけられていたのだが、ニュージャーナリズムの台頭と軌を一にするノンフィクション的なるものの重視、という風潮のもとで、新たな記録小説や歴史小説の試みが目立つようになってきていたのである。

『出版ニュース』第七一三号（昭41・12・中旬号）は最近の傾向として、「ノン・フィクションの素材を、文学にまで消化させた」『黒い雨』（井伏鱒二、昭41）や『沈黙』（遠藤周作、昭41）のような作品が増えてきたことを指摘しているが、こうした傾向はのちに篠田一士によって、現代小説における

「ノンフィクションの積極的な受容」と評されることになる（『ノンフィクションの言語』昭60）。いずれにしても、アメリカにおいてニュージャーナリズムが登場した一九六〇年代後半頃を境として、わが国においても、呼称と内容の両面で変化の兆しが見え始めていたことは、注意されていい。沢木耕太郎が指摘するように（「ニュージャーナリズムについて」『路上の視野』昭57）、たとえニュージャーナリズムの影響が本格化するのは昭和五十年代に入ってからのことではあるとしても。

このように見てくると、松本清張のノンフィクションへの進出も、こうした大きな流れのなかの一部として位置づけられなくてはならないことがわかる。『点と線』（昭33・2刊）から「ある小官僚の抹殺」（昭33・3発表）への移行（本章1節「松本清張における小説とノンフィクション」参照）を出発点として、「小説帝銀事件」（昭34）の成果の上に清張が『日本の黒い霧』の連作に取り組むのは昭和三十五年のことだが（昭35・1〜12）、同様の試みは、昭和三十八年の『現代官僚論』の連作（〜昭40）、そして有名な『昭和史発掘』の連作（昭39〜46）、さらには『小説東京帝国大学』の連作（昭40〜41）へと発展させられていく。清張もまた、同時代の文学状況を視野に入れながら、「ノンフィクションの積極的な受容」に加担していったひとりだったのである。

ニュージャーナリズム流入以降の記録文学からノンフィクションへの変貌過程の概要は以上のようにまとめられるが、その中身について検討する前に、ここでは記録文学そのものの豊饒な成果をまず確かめておこう。

3

戦後の記録文学の隆盛を理論の面で導いたのは、堀田善衛、佐々木基一らの評論活動であった。堀田の「文学とルポルタージュ」（『岩波講座　文学8』昭29）、佐々木の「ルポルタージュをめぐって」（『文学』昭29・8）が代表作だが、その主張の基本線は戦前のプロレタリア文学運動時代のそれを踏襲したものであった。たとえば青野季吉による、「印象のつゞり合せ」ではなく社会や時代の構造を粘り強く調べて「大衆の心をしつかりつかむ」ような芸術、いわゆる調べた芸術の提唱（「『調べた』芸術」『文芸戦線』大14・7）や、社会主義リアリズムに則ったゴーリキイらによる「報告文学」（オーチェルク）の主張と実践のストレートな延長線上にあったのである。

ゴーリキイによれば、報告文学の目的は「あらゆる所に見出される文化革命的建設の多様な過程を描き出すこと」であり、言葉によって生活や現実を、つまりはみずからの国を認識することであった（丸目秋一他訳『文学論』昭10）。堀田が「ルポルタージュは、戦争や革命を含めての、社会的変動期、変革期に生れたものである」とし、佐々木がルポルタージュを「危機と変革の時代に生れた文学形式」と呼び、その意義を、「社会の表面の底に作用している重要な矛盾をあばき出して、これを人々の目の前につきつけ」（佐々木）、読者に「認識の変革」（堀田）を迫るところに求めているのも、そうした主張にそうものであったことは言うまでもない。

ただ、いっぽうで、この二つの論には、その後の記録文学やノンフィクションが抱え込むことになる難問の数々が、豊富に問題提起されてもいた。アト・ランダムに挙げてみると、堀田が「事実を知りぬくためには、その事実を生活するにまさる方法はない」と言い、佐々木が「作者が事件の渦中に身をおき、生活の闘いを共にしていなければ、真にすぐれたルポルタージュは書けない」と指摘する、作家主体の関わり方の問題。あるいは、「ルポルタージュが、虚構を内包してはならぬことは原則であるが、しかし、だからと云って、事実の個条書き的な羅列では、それを見ることは出来ても読むことは出来ない。一定の方向、合目的性、思想なくしては『意味を総括』することも出来はしない。つまり、虚構と想像へと向う力と要素とを孕むノン・フィクション」でなくてはならないと堀田が言い、「作者が事実を事実によって物語らそうとし、いろいろな事実の配合構成を通して事実に含まれた意味と、事実に対する作者の判断をあらわすように配慮するとき、ルポルタージュは単なる観察された事実の平面的記述と作者の感想の混合物たることをやめて、構成された読物になる」と佐々木が指摘する、事実と虚構の問題、さらには構成をめぐる問題。

ここで指摘された方法上の諸問題は、ニュージャーナリズムの流入以降のノンフィクションにとってもまさに切実な問題であり続けているのだが、それについてはのちに触れるとして、ルポルタージュや記録文学が、まちがいなく「危機と変革の時代に生れた文学形式」であると言えるとしたら、それが第一次世界大戦後と第二次世界大戦後という二つの激動期に、世界的規模でクローズアップされることになるのは当然だった。そして、堀田や佐々木が理論面での裏付けを急いだこの時期は、サルトルによるルポルタージュ称揚の動きとも遥かに呼び交わしつつ、花田清輝らのアヴァンギャルド芸術運動に媒介されて、戦後日本の記録文学が豊饒な実りの季節を迎えた時だったのである。

昭和二十年代後半から三十年代初頭にかけてのこの時期は、被占領状態に終止符を打ち、独立を回復し（昭和27年）、「もはや戦後ではない」（経済白書＝昭和31年）との標語に象徴されるように、わが国が経済復興に向けて力強く歩み出した激動の時代であると同時に、裾野のほうでは、至るところにはびこる封建遺制に対して民主化の戦いが間断なく繰り広げられていた時代であった。まさに、「危機と変革の時代に生れた文学形式」にふさわしい環境と言えるが、杉浦によれば、それに加えて、戦後、「言論と思想の自由」が保証されたことが、記録文学の隆盛を招いたもう一つの要因であるという（『日本近代文学大事典』第四巻の「記録文学」の項、昭52）。

ところで、この時期を代表する収穫としては、何よりもまず、杉浦のルポルタージュ『ノリソダ騒動記』（昭28）を挙げなくてはなるまい。「ノリソダ」とは海中に立てて海苔の種子つけをおこなう棒のことだが、作者の居住する渥美半島のある地域で、その種子つけの権利を他地域の漁民に賃貸するに際して、地元のボスによる利権の独り占めという事件がもちあがる。そこで「わたし」を中心とする人々が立ち上がり、不正を糾弾し、民主化を推し進めていこうとするのだが、逆に名誉毀損罪で訴えられる始末となる。結局、裁判では無罪となったものの、ボスたちの延命工作は巧妙で、事態の改善は遅々たるものでしかなかった、というのがそのあらましである。

のちのニュージャーナリズム流ノンフィクションの、徹底した「事実」尊重の態度に比べれば、たとえば裁判での証言を自由に再構成したり、ボス像を戯画化してみたり、「しかしそれはいずれ後に述べるから、あまり先回りしないでおこう」といったような読者を意識した物語進行上の操作を露呈させたり、といった具合に、かなり融通無碍な書き方がなされているが、それがこの作品ならではの生動感を生み出しているのも確かだ。

徹底した「私」重視と小説技法の大胆な活用こそが、杉浦ルポルタージュの身上といっていいが、他方ではこれが、一つの事例を「日本のどこにもおこる」問題として追及するのが目的であったという「あとがき」中の言葉からもうかがえるように、事件の渦中から社会の矛盾を暴き出し、ルポルタージュ独自の構成力によって読者に認識の変革を迫るという、堀田らの説く時代の要請に正確に応えたものであったことも見落とされてはならない。堀田らの評論活動と連携して活発な動きを見せたこの時期の記録文学の共通項が、エスタブリッシュメントへの告発的姿勢、というところに求められるとすれば、その系譜はルポルタージュ系では上野英信の『追われゆく坑夫たち』（昭35）や、石牟礼道子の『苦海浄土―わが水俣病―』（昭44）あたりまで、たどることができよう。また、小説系のものとしては、教師の世界に取材した石川達三『人間の壁』（昭33～34）が、ドキュメンタリー・タッチのものとしては広津和郎『松川裁判』（昭33）などが、ある。

もちろん、これとは別に、井上靖の歴史小説『天平の甍』（昭32）に代表されるような記録小説・歴史小説の流れや、豊田正子の『綴方教室』（昭12～14）から無着成恭編の『山びこ学校』（昭26）を経て安本末子の『にあんちゃん―十歳の少女の日記―』（昭33）へと至るような、生活記録・日記・手記の流れなどはすでに脈々としてあったのだから、のちに記録文学として一括され、さらにはノンフィクションとして括り直されることになるような一群の作品傾向は、実質的にはこの時期にほぼ顔を揃えていたことになる。

4

これに続く昭和三十年代から四十年代にかけての時期も、被占領状態からの脱出とはちがった意味で、まちがいなくもう一つの激動期であった。昭和三十年の神武景気、三十四年の岩戸景気による経済復興の成果を踏まえて、昭和三十五年に打ち出された第一次池田内閣による「国民所得倍増計画」が、いわゆる高度経済成長時代の幕を切って落としたのである。すでにその時点で経済成長率は八パーセントを超えていたのだが、それを三年間で九パーセントにまでし、十年後には国民所得をも倍増させようという壮大な計画であったが、現実の成長はそれをも超えて、昭和三十六年から四十五年の平均経済成長率は一〇・六パーセントにも達するという、驚異的な数値を記録してしまったのである。

しかし、他方ではそれが、精神文化の軽視と一種の物質的価値至上主義とを蔓延させ、また、目に見えるかたちでは、公害問題やインフレ、農村の衰微などを招いてしまったことも、否定しがたい事実だった。前出の『苦海浄土―わが水俣病―』や、同じく水俣問題に取材した水上勉のミステリー『海の牙』(昭35)、有吉佐和子の『複合汚染』(昭50)などは、そうした現実をそれぞれのやり方で鋭く告発したものだが、この時期になると、それまでのようにプロテストの姿勢を前面に出すのではなく、もっとニュートラルな立場から時代の変貌を写しとろうとするような仕事も現れるようになった。大宅壮一の一連のルポルタージュは、その代表的なものと言えよう。

変わりゆく日本各地を取材して歩いた『僕の日本拝見』（昭32）、『日本の裏街道を行く』（昭32）、『日本の人物鉱脈』（昭34）、高度経済成長前夜の日本の代表的な企業の素顔をレポートした『日本の企業』正続（昭33〜34）、さらには、そこへの人材供給源ともいうべき諸大学の現状と人脈図を紹介した『大学の顔役』（昭34）などが主なものであり、また、大宅を中心として結成されたノンフィクション・クラブからは、『現代史の曲り角』（昭34）の青地晨、『昭和天皇と秋刀魚』（平4）の草柳大蔵などの評論家が輩出した。

ところで、記録ともフィクションともつかぬ、わが国特有のヌエ的表現形態といってよい私小説の跋扈がありうべき記録文学の発達を妨げていたのだとすれば、昭和二十年代後半以降の記録文学の盛況の背後にあるのは、のちにいわゆる純文学論争（昭和36年）へと発展する、純文学（私小説）の衰弱という事態であったにちがいない。純文学の衰退は、中間小説・推理小説の台頭とも表裏の関係にあるが、記録文学とのからみでいえば、なかでもそれとの相互的関連が濃厚なのは、アマチュアの書き手たちによる手記・日記・書簡の一大ブームだろう。

その代表は、軟骨肉腫という不治の病いに冒され、二十一歳という若さで亡くなった大島みち子と、その恋人河野実とのあいだで交わされた書簡をまとめて空前のベストセラーとなった『愛と死をみつめて』（昭38）だが、そこには、マンネリズムに陥ったプロの書き手たちには及びもつかない、清新・平明な表現と地に足をつけた「思想」とがふたつながら実現されていたのである。しかも、日記や手紙に特徴的な一人称体は、私小説的風土に深く根ざしたものでありながら、すでに力を失い始めていた私小説とは比較にならないほど直接的に読者に働きかけてもいたのだった。

このブームの一翼を担うものとしては、ほかに、同じく大島みち子の『若きいのちの日記』（昭39）、塩瀬信子の闘病日記『生命ある日に』（昭37）、死刑囚山口清人と獄中結婚した渡辺久代が交わした往復書簡集『愛と死のかたみ』（昭37）、全共闘世代の遺書ともいうべき高野悦子の『二十歳の原点』（昭46）などがあるが、ブームを先導したのが女性たちであったという側面に注目すれば、そこではマンネリズムに陥った「文学」や「小説」というジャンルに対してだけでなく、男性主導の文学という制度に対する根本的な異議申し立てがおこなわれていたと見ることもできる。その意味ではここから、澤地久枝『妻たちの二・二六事件』（昭47）、山崎朋子『サンダカン八番娼館―底辺女性史序章―』（昭42）、森崎和江『からゆきさん』（昭51）へとつながる一本の線を想定することも可能なのである。

すでに述べたように、ニュージャーナリズムからの影響は早くて昭和四十年代前半、本格化するのは五十年代に入ってからだが、それに先立って、ニュージャーナリズムふうの資料処理や構成をほどこした作品がぼつぼつ出始めている。前出の『松川裁判』や松本清張の『日本の黒い霧』などがその一例だが、後者について言えば、そのなかの「帝銀事件の謎」という章と「小説帝銀事件」（前出）とを比べてみると、「R新聞論説委員仁科俊太郎」（「小説帝銀事件」）といったような狂言回し的存在は姿を消し、確かに、物語化に対しては禁欲的になっている。しかし、フィクションを排して「調べた材料をそのままナマに並べ」（『日本の黒い霧』「あとがき」）ながらも、「この資料の上に立って私の考え方を述べ」るあたりが、事実をして語らしめるという、のちのニュージャーナリズム流の行き方とは異なっている。これは、基本的には事実の列挙と「……と私は思う」スタイルとをかけあわせた広津の『松川裁判』や、水上勉の社会派ルポルタージュ『日本の壁』（昭38）などにも共通する、この時期のノンフィクションのかなり大きな特徴と言っていい。

私小説的な主体のありようの残映をそこに見ることも可能かもしれないが、何よりもこの時期が、小説とは何か、ノンフィクションとは何か、というアポリアと各々の書き手たちが格闘していた時期だったからであり、この模索期を経たからこそ、のちのノンフィクションのジャンルとしての自立が可能になったと見ることもできるのである。

吉村昭の『戦艦武蔵』がこうした書き方の流れから脱け出し、沢木耕太郎らによってニュージャーナリズム流ノンフィクションの元祖とまで位置づけられるに至ったのは、それがルポルタージュ側からではなく、記録小説側からのアプローチであったことによるところが大きい。少なくとも「私」を消した三人称体による全体的記述は比較的容易に実現でき、そうなると後は、事実の収集と想像部分の抑制とが成否を左右するに過ぎなくなる、とまで極言することもできるかもしれないのだから。ただ、吉村のノンフィクションについて考えようとする時、より重要なのは、『戦艦武蔵』の取材過程を作品化した『戦艦武蔵ノート』（昭45）の存在だ。

『戦艦武蔵ノート』は、『戦艦武蔵』成立の舞台裏を垣間見せてくれる――すなわち手記や聞き書きのあやうさの発見から、ではどのようにして「事実」を抽出・確定させて行ったのか、とか、実は小説の意図にそってそれらを取捨し、さらには蓋然性は高いものの架空の科白をしゃべらせた、とか――という面と、戦後の戦争観への違和の念の表明と資料との偶然の出会いから筆を起こし、建造中に不祥事を引き起こしたN氏のその後をめぐるエピソードで閉じるという、それ自体としてまとまりを持った自立したノンフィクション作品であるという面とをあわせもった、希有な作品である。執筆理由については、作中に「『戦艦武蔵』は、やはり小説であるだけにおしゃべりは許されない。その部分を『取材日記』の中で果そう」とあるように、「私」の表出の仕方をめぐっての試行であることがわかる。舞台裏での模索といい、かつて堀田・佐々木らが提起した諸問題がここまで深められてきているのだ。

方法上の模索は、杉浦明平の『小説　渡辺崋山』（昭46）においても見られる。主人公に「わたしと同じ熱い血を通わせたかった」（「わが著書を語る　わたしの崋山」『出版ニュース』昭43・2・中旬号）という前作『わたしの崋山』（昭42）の、「わたし」の日々と崋山のそれとを重ね合わせるという書き方とはうって変わって、ここでは三人称体による歴史小説的記述が試みられている。作中人物としての、あるいは人称としての「私」が消去されるのだが、それと入れ替わるようにして、いっけん放恣なまでの想像による内面描写が繰りひろげられているのは、注目に値する。しかし、おそらくはこれとても、水面下で主人公と一体化した作者の「私」と厳密な資料解釈とに根ざした、その意味では根拠のある必然的な心理描写ではあったのだろう。ただ、そうした心理描写のメカニズムを、作者は最終章で死んだ崋山が百年後の現代を見て回って管を巻く荒唐無稽な場面を付け加えることで一笑に付し、韜晦してもいるのだが。

この系譜に連なる記録・歴史小説系の作家としては他に、『八甲田山死の彷徨』（昭46）の新田次郎、『暗い波濤』（昭49）の阿川弘之、『斬』（昭47）の綱淵謙錠、『峠の廃道　明治十七年秩父農民戦争覚え書』（昭50）の井出孫六らがいるが、吉村や杉浦の模索を頂点とするさまざまな試みは、ニュージャーナリズムの流入を目前にして、ノンフィクションの方法上の実験はすでにほとんどし尽くされたかの感もあるほどに、多様で多彩なものだったのである。

5

混迷する現代の大衆社会状況を前にしてますます無力化しつつあった小説と、単なる「無署名性の言語」（玉木明『言語としてのニュー・ジャーナリズム』平4）に堕したジャーナリズムとを尻目に、ニュージャーナリズムがアメリカに初めて出現したのは、一九六五年であったという（トム・ウルフ「ニュー・ジャーナリズム論—小説を甦らせるもの—」常盤新平訳、『海』昭47・12）。トム・ウルフによれば、バルザックやディケンズの系譜を引くリアリズムを復興させたニュージャーナリズムの方法の特徴は、場面から場面へ移動しながらの描写、人物を彷彿とさせる科白、登場人物の心に自在に入り込む「三人称の視点」、地位や生活を象徴する言動の記録、の四つにまとめられる。トム・ウルフによる定義は、かなり物語化されたものをニュージャーナリズムとしているが、もっとゆるやかに事実を列挙していくタイプをもニュージャーナリズムに含めることがあり、あるいは物語化の著しいものと区別して、「調査報道」と呼ぶこともある。ただ、どちらの場合も、「レッグ・ワーク」（足による取材）によって集められた膨大な量の資料と聞き書きとがその大前提となっている点は共通している。

ところで、ニュージャーナリズムの嚆矢とされているのは前出のカポーティ『冷血』であり、その直接的な影響下で書かれたのが、佐木隆三の『復讐するは我にあり』（昭50）にほかならなかった。両者はいずれも物語型に属するといっていいが、報道型のノンフィクションとしては、すでに柳田邦男の『マッハの恐怖』（昭46）という労作もあり、いずれにしても、ニュージャーナリズムの影響下で「ノンフィクションが現代に生きる人々の身近な問題をも射程内に置いて、多様なテーマと素材を追う表現方法として新しい潮流をつくりはじめた」（柳田「本選集の編集にあたって」『同時代ノンフィクション選集』平4～5）のは、ちょうど一九七〇年代にさしかかる頃からであったようである。

物語型と報道型との境界線はむろんはっきりとは引けるものではないが、しいて分けながらアト・ランダムに代表作を挙げてみると、物語型としては、本田靖春の『誘拐』（昭52）、沢木耕太郎の『テロルの決算』（昭53）などが、報道型のものとしては、立花隆の『田中角栄研究　全記録』上下（昭51）、伊佐千尋の『逆転　アメリカ支配下・沖縄の陪審裁判』（昭52）などがある。また、これとは別に、正統的なルポルタージュの方法に基づく鎌田慧の『自動車絶望工場―ある季節工の日記―』（昭48）や、私小説的ノンフィクションの沢木耕太郎『一瞬の夏』（昭56）なども、逸することのできない収穫である。

『テロルの決算』でいったんは物語型ノンフィクションの側についた沢木が、ふたたび初期の『敗れざる者たち』(昭51)の方法の延長線上にある一人称体の世界に戻ってきたのは、嘘は書かぬと肝に銘じながらも結局は物語を織るために取捨選択を重ねるというかたちの嘘をついてしまっていたことを自覚したからであり(「虚構の誘惑」、前出『路上の視野』所収)、さらには、いっけんニュートラルに見える三人称体の背後に作者の「私」の影を見てしまったからであった。沢木がニュージャーナリズム流の三人称体による全体記述に訣別して、「私が見たものしか書かない方針を徹底化した」(「可能性としてのノンフィクション」同前)のは、ここにおいてであったのである。

沢木の模索はその後も続けられているが、「私」をめぐる問題や「事実」をめぐる問題は、見てきたように、かつて吉村昭や杉浦明平が格闘した相手でもあり、また松本清張が「ある小官僚の抹殺」、「小説帝銀事件」、『日本の黒い霧』で試行を繰り返した難問でもあった。その意味ではノンフィクションをめぐるアポリアはひと巡りしふた巡りしながら循環を続けているのである。

清張一口メモ：「左の腕」・「いびき」

杉良太郎主演で人気を博したテレビドラマ「文吾捕物絵図」（昭42〜43）の原作者が松本清張であると聞いて意外に思う方もおられるかもしれないが、実は清張は時代小説も相当数、手がけているのである。社会派ミステリーの第一人者である清張に時代小説はいっけんそぐわないようにも思えるが、なかなかどうして、その出来映えは水準をはるかに超えている。

何よりも、史実の踏まえ方がちゃんとしている。時代小説のリアリティを保証する第一の要素だが、のちに歴史ノンフィクションで多くの秀作を残す清張であってみれば当然とも言えるが、初期の時代小説に早くもその片鱗が見られる。「左の腕」、「いびき」でいえば、無宿者の境遇や牢内の様子、遠島の仕組み、負性としての入れ墨などがそれにあたる。

他方で読者は、時代ものであるにもかかわらず清張の他の現代ミステリーと同種の面白さをも味わうことになる。捕縛された仙太を襲った恐怖の正体は何か、とか、謎を提示して読者の興味を引きつける書き方は現代ものにも共通するものであり、さらには時代もの離れしたテンポのよさも印象的だ。かつてドラマ「三匹の侍」や「木枯し紋次郎」が斬新なタッチとテンポのよさで時代劇に新風を吹き込んだのと同じようなことが、清張の時代小説の場合にも言えるのである。

9章　メディアと清張ミステリー

1　清張ミステリーと女性読者
――女性誌との連携の諸相――

1

平成十一年に毎日新聞社がおこなった「20世紀の心に残った作家」調査によると、ベストスリーは、司馬遼太郎、松本清張、夏目漱石の三名となっている（『毎日新聞』平11・10・26朝刊）。アンケートなので票数自体は多くはないが、順に二一六票、一八一票、一五五票という結果だ。もっとも、回答方式を見ると、最大五人までの作家名を挙げてもよいということなので、勘ぐれば、五人なら入るけれども、というタイプの作家が上位に来やすい仕組みになっていたと言うこともできるかもしれない。一人だけを挙げる、ということになれば順位が変わることも十分に考えられるのだ。

ところで清張だが、男女合計では二位だが、女性だけの票数を見ると、九八票で一位となっている。これに続くのは赤川次郎の九三票、そして司馬、漱石、川端康成らがいずれも七〇票台で続いている。

いったい、清張ミステリーのどこが、女性読者をここまで惹きつけるのだろうか。

当然、過去に遡っての結果も知りたいところだが、毎日新聞社のこの種の調査は昭和二十四年から平成四年まで続けられたという（結果は各年版『読書世論調査』に発表）。したがって平成十一年の調査は久しぶりのものであったことになるが、持続しておこなわれた最後の年である平成四年の調査では、清張は一位となっている。もっとも、この年は清張が亡くなった年でもあるのでその点は考慮しなくてはならないだろうが、いずれにしても清張がこの種の調査結果の常連であったことに変わりはない。そうだとしたら、こうした傾向はどこまで遡れるのだろうか。調査結果を振り返ってみよう。

清張が最初にこの「好きな著者」のランキングに登場するのは昭和三十四年度のことで、第一四位となっている。それが翌年には五位、そして少しとんで三十九年度には三位へと上昇している。この間、女性票でも、三十五年度に九位、三十九年度には四位へと順位を上げている。清張の人気が決して男性のミステリーファンだけによるものではなく、女性読者のあいだでも着実に支持を拡げていったことがこんなところからもわかる。

それというのも、かつては探偵小説（推理小説の前身）といえば男性読者の専有物であり、清張自身もそのことに触れて「以前は、タンテイ小説というと女性読者にはあまり顧みられないものだった。それが近頃なぜ急に読まれだしたのか」（「推理小説時代」『婦人公論』昭33・5）と言っているくらいだ。かつては女性の読む雑誌と男性の読むそれとが画然と分かれており、また、そこに掲載される読み物の種類もハッキリと棲み分けされていたから、好悪以前にそもそも女性読者がミステリーに触れる機会も少なく「タンテイ小説というと女性読者にはあまり顧みられな」かったのだが、だからといって、そうした状況が改善されればたちどころに「女性の読者が殖え」（同前）るというものでもないだろう。

ともかく、ほとんど読まれなかった頃と比べれば、大変な健闘ぶりであり、そこには「状況の改善」以外にもさまざまな要因が存在したにちがいない。いったい、ミステリーとは縁遠かった女性読者をここまで惹きつけることができた理由とは何だったのだろうか。すなわち清張の戦略なり作戦は、もしあったとすれば、それはどのようなものだったのだろうか。

2

以下では、いわゆる女性誌に掲げられた清張の現代ものの短編をいくつか取り上げて、そこでの「戦略」、「作戦」について考えてみることとする。

清張が女性誌に発表した現代ものは、「箱根心中」（『婦人朝日』昭31・5）をもって嚆矢とする。ともに既婚の、幼なじみの従兄妹同士が箱根に日帰り旅行に出かけたものの、交通事故でその日のうちには帰れなくなり、世間の眼を憚って死を選ぶというはなしである。

中畑健吉が従妹の喜玖子と箱根に行くことになったのは、そもそもは喜玖子のほうから電話を掛けてきたことに端を発していた。久しぶりで会った二人は少年少女時代の「ひそかに愉しい思い出」ばなしに花を咲かせたあげくに、「このごろ、気がくさくさして仕方がないんだ。日帰りで箱根にでも行ってみないか?」と健吉がまず水を向け、それに対して「行ってみたいわ、どこかに」と喜玖子が「少し投げやりな調子で」応じたことから、悲劇の幕は切って落とされることになった。「健吉は彼女の顔に血の気のさしてくるのを見て、胸が騒いだ」というその直後の一文からも、事態の意外な(予想通りの?)展開と悲劇的結末とは暗示されていたと言えるだろう。

もともと健吉と喜玖子は、七年前、喜玖子が今の夫の雄治と結婚してしばらく経った頃に、親戚筋から噂を聞きつけた雄治が新妻に向かって、「健吉君は、おまえが好きだったんだろう」とこぼすほどの仲と見られていたのだから、ひとつ間違えば、当人同士の思いも、まわりの見方も、そこに向かって転げ落ちていくことは目に見えていた。

ここで喜玖子の境遇設定に目を向けてみると、七、八年前に結婚はしたものの、雄治には女遊びの癖があり、そのせいもあってか別れ話も何度か出ていたようだ。だが、そのつど「親類の年寄りが出て話をさばき」、ずるずると今日に至ったということになっている。離婚に踏み切れない背景としては、当時広く見られたように、女性の立場の弱さ、経済力の無さなども関係していたかもしれない。そのあげくの喜玖子からの電話であり、箱根行きへの同意だったのである。

要するに、かなり同情に値する境遇という設定であったわけであり、その上での前述の箱根行きプランの成立だったのだが、喫茶店で話がまとまった際にも、新宿駅で待ち合わせた際にも、喜玖子は「ぎこちなさ」や「臆病」を動作ににじませていたという。つまり「彼女の顔に血の気のさしてくるのを見て、胸が騒いだ」健吉同様、喜玖子もこの行為の重さというか危うさに十分自覚的であったと取れるわけで、そうだとすれば、事故で帰れなくなった夜はなんとか無事に過ごしたものの、その次の夜、明日は帰宅という間際になって二人が決定的な一線を越えてしまう、その運命的な道筋は、このあたりからすでに明視されていたと考えることも可能だ。箱根めぐりの途中で崖っぷちから渓流をのぞき込んで「健さん、ここから飛びこむと死ぬかしら」と言ってみたり、さりげなく「健さん、芳子さんはお仕合わせね」と健吉の妻を羨むふうを見せたりするのも、「ぎこちなさ」や「臆病」からうかがわれる過剰な意識の延長線上にある振る舞いと言えるだろう。

ところでここで考えなくてはならないのは、喜玖子の同情に値する境遇と、たぶんに懲罰的な結末との関係だ。すでに日帰りできないことが確定した直後から、東京のことや家族からの詰問を想像しておののいていた二人であってみれば、「白い朝が来る前、喜玖子は健吉に負けてしまった」以上、翌朝ふたりがふもとの方へではなく、「早川の流れている断崖の方へ」向かう姿を薪採りの老人に目撃されたのは当然だったかもしれない。しかし、前述したような、喜玖子の置かれた境遇への共感・同情のほうにウェイトを置けば、もう少し救いのある結末も可能であったはずである。だが、現にあるかたちは、そのようにはなっていない。そこに、この時代というものの反映を見ることも可能なのではないだろうか。いくら事情があっても、既婚者同士が一線を越えるのは許されることではない、とでもいったような世間の声がそこからは聞こえてくる。その意味では、しっかりとした勧善懲悪のメッセージが女性読者に向けて発信されていたと見ることができるのである。

時代の反映はそればかりではなかった。たとえば二人が一線を越えるシーンを、「――しかし、白い朝が来る前、喜玖子は健吉に負けてしまった」という一文であっさりと片付けてしまっているところにもそれはうかがえるし、婦人雑誌の売りもののひとつであるはずの挿絵も、この場面ではなく、当たり障りのない、交通事故で運び込まれた病院で二人が別々のベッドに横たわるシーンだった。したがってこうしたストーリー展開その他を見る限りでは、まだまだ清張ミステリーは〈攻め〉には転じていなかったと言える。その時代の規範を従順に受け容れ、それを読者へのメッセージというかたちで再生産する立場にとどまっていたのである。

3

続いては昭和三十二年五月に発表された「遠くからの声」(『新女苑』)。姉夫婦の幸せを羨む妹が、義兄への思いをかかえて自暴自棄とも見えるような男遍歴を重ねていくはなしだ。民子と敏夫が結婚したのは、昭和二十五年秋。台風の目となる妹は啓子という名前だが、民子と敏夫がまだ交際中の時からデートについてきたり(厳格な家庭なので、妹が一緒なら頻繁なデートも大目に見てもらえるという利便もあってのことだ)、果ては新婚旅行先の日光の宿まで押しかけてきたり(それでも、初日と二日目は遠慮して三日目から)、という入れ込みようだったが、姉夫婦が新居に落ち着いてしまうと、それもパタリと止み、その代わり、今度は当時としては度を超えた「男遍歴」を繰り広げるようになる。

最初は「男の学生の友だち」との付き合いであり、「あんまり翼を伸ばしたら駄目よ、お母さまが心配してたわ」という民子の忠告が、当時におけるそうした振る舞いのあやうさを間接的に物語っている。大学を卒業した（当時としては希少価値の部類に入る）啓子は、今度は「十五も年上の中年男で、妻に死なれて二人の子がある」男と結婚することになる。やがてそれでも飽きたらずに、次は「学校時代につき合っていた学生の一人」と駆け落ちをしてしまう。行く先は九州の炭坑町だ。ちょうど敏夫が福岡に出張することになり、義兄と義妹は久しぶりに顔を合わせるが、姉や甥（敏夫と民子の子）が元気であることを聞いて「どこか感慨」深げな様子を見せた啓子の淋しげな顔を見て、敏夫は初めて「啓子は自分を想ってくれていた」ことに気づく。「それで自分たち夫婦の生活が固まる毎に、彼女はわざと自身で遠ざかる行動をとったのだ。自分との距離をだんだん拡げるつもりで、すすんで転落していったのである」。

そして遍歴の最後は、妻子のある炭坑夫との再度の駆け落ちだった。ただ、啓子の思いが本当に、敏夫が想像し、姉の民子が快く思っていなかったようなものであったかどうかは、わからない。啓子の心が直接描かれずに、民子や敏夫が想像するかたちで描かれているに過ぎないからだ。それでも、いちおう、啓子の気持ちや言動がまわりが想像するようなものであったとすれば、これもかなり懲罰的な展開だ。人のものを欲しがる人間がいわば自業自得の結果としてどんどん墜ちていくはなしなのだから。

それにしても民子の人生と啓子のそれとは何と対照的であることか。「仲人があって」、「お見合いをし」、「半年ばかり交際を続け」、「互に愛情をもち合って一緒になった」という民子と敏夫の結婚が画に描いたような理想の結婚であるのに対して（いずれも当時の結婚作法書に出てくるようなことばかりであり、またわが国において恋愛結婚が見合い結婚を上回るようになるのは昭和三十年代半ば以降だった）、啓子のそれは、男遊び、子連れ男の後妻、夫を裏切っての駆け落ち、再不倫と再駆け落ち、といったように典型的な負の要素に満ち満ちていた。だとすればそれらはやはり、邪恋に対する自業自得の結果、という懲罰的な意味を帯びていたのだろうか。

いずれにしろ、ここでも依然として清張はまだ規範のなかにドップリと浸かっているように見える。規範の側に、すなわち啓子の振る舞いを自業自得の結果として糾弾するがわに身を置いているのだ。だとしたら、そうした傾向に変化の兆しが見え出すのは、いったい、いつ頃からなのだろうか。

4

「二階」（『婦人朝日』昭33・1）になると、少しずつだが変化の徴候が見えてくる。結核の症状が、治るでもなく悪くなるでもないままに一進一退の状態であった夫（英二）を、妻（幸子）が望まれるままに療養所から自宅に引き取り、付添看護婦をつけたところ、その相手（裕子）が夫の昔の恋人で、夫に先立たれた裕子と将来を悲観する英二が互いの境遇を相憐れむかたちで愛を再燃させ、それを幸子に察知されたのをキッカケに心中する、というはなしである。

英二と裕子がそのような関係に陥ったのは、双方にそうなることを促した事情のようなものが当然あった。英二の場合で言えば、ひとつは、絶望するほどでもなければ楽観できるというわけでもない結核の病状がそれだった。拙著の『御三家歌謡映画の黄金時代』（平凡社新書、平13）でも述べているが、かつては不治の病いと恐れられていた結核も、戦後いくつかの治療薬が登場し、外科療法も改善が積み重ねられて、それほど恐ろしい病気ではなくなってきていた。結核による死亡者数の変化をたどってみても、昭和二十五年の一二万人（年間）から、三十年の四万六千人、三十五年の三万一千人へと急減している。

もっとも、決定的な治療薬は昭和四十年のリファンピシンの登場を待たなくてはならないので、結核をとりまく通念なりイメージがこの頃そうとう軟化してきていたにしても、楽観は許されなかった。要するに、過渡期の宙ぶらりん状態のなかに英二（だけではないが）は置かれていたわけで、そこから来る焦りのようなものが伏線としてあったことは疑えない。

もう一つが、結核患者の場合にしばしば指摘される性の渇きだ。いま手元にある何冊かの結核関係の書物を見ても、性の渇きの存在を前提として夫婦生活の節制の必要性を説いたものがあるし（『闘病者の手記を集めた『眠られぬ夜のために』〈昭25〉に収められた長谷川如是閑の回想記）、療養時の注意として、「患者は性生活を自制し、医師に相談してそのさしずに従うようにすることが必要」（『健康手帖』昭27）とか、「性的興奮を駆り立てるものや、刺激の強い」雑誌記事やラジオ番組は極力避けて（『暮しの百科』昭31）、といったような文句が目に付く。

そして英二の場合もそれを裏付けるように、自宅に戻ってくるや「一年振り」のキスをせがんだり、幸子を自分の蒲団のなかに誘おうとしている。結局幸子が許したのはキスだけだったようなので、満たされなかった渇きが裕子というかっこうの相手を得て燃えさかる結果になったと見ることができよう。

裕子の場合はどうか。三十五、六歳に見えた裕子は初めてやってきた日に、幸子に問われるままにみずからの過去を打ち明けている。それによれば、十八歳の時看護婦免許を取り、病院勤務をしていたが、結婚後は六年ほど専業主婦だったという。その夫が四年前に亡くなり、今は子供を実家に預けて、養育費と貯金のためにこうして必死で働いているというのだ。英二が裕子のその「不幸な人生」（英二の遺書中の言葉）に同情し、憐れんだとしても無理はなかった。まして裕子は、もとはと言えば英二の恋人であり、「事情があって結婚出来なかった」（同前）仲だったのだから（ただし、英二と裕子の元の関係は、ラスト近くで幸子が遺書を開封する時まで、幸子にも読者にも伏せられている）。

そんな英二と裕子が相憐れむようにして愛を再燃させ、幸子にさとられたのを察知して心中するわけだが、話の筋としては、ラストで、裕子に奪われたかっこうになっている夫を、幸子が奪い返す仕掛けになっているところが面白い。すなわち、裕子と夫の遺書を燃やし、裕子に代わって夫の死体の隣に横たわり、夫に同情して心中する旨の遺書を書いて睡眠薬を大量にあおることで、夫を奪い返そうとするのである。

裕子と英二の間で決定的な関係が結ばれたかどうかはぼかされているが、いずれにしても元恋人同士の二人は再会して「一カ月も経たぬうちに」このような最期をとげることになったのだった。幸子には何の落ち度もないのだから、「箱根心中」にならって言えば、糾弾されるのは、もちろん先に死んだ二人のほうでなくてはならない。事実、心中死体が発見されるあたりからは、裕子を指して「掠奪者」という非難の言葉が繰り返し使われている。

ところが「二階」には最後にいたって、とんでもないどんでん返しが用意されていた。幸子が裕子に取って代わるというのが表層の、筋の上でのどんでん返しだったとすれば、もう一つのどんでん返しは、規範とか道徳意識とかに関わるそれだ。つまり、法律上にも妻であり、何の落ち度もないにもかかわらず、「実際の掠奪者は幸子かもしれないのだ」という一文が突然差し挟まれるのである。ここでは、規範とか制度の側からではなく、言ってみれば〈愛〉のがわから事態が捉え返されようとしているのではないか。

時代の空気の変化を感じさせずにはおかない部分だが、そういえばこの小説の載った『婦人朝日』の表紙には、特集の中身を紹介した「セックスは生活はどう変わる?」という文句が踊っていた。ところが実際の内容は「宇宙世紀とあなた」という地味な特集であり、特に宇宙時代のセックスに言及したようなものではなかった。にもかかわらず、そうしたコピーが跋扈するわけであり、だとしたらこれもまたやはり時代の空気の変化をあらわす一例ととることもできるかもしれない（ただし、『婦人朝日』はこの年末で廃刊になっている。こうした変容ぶりが関係していたかどうかはわからないが）。そして、こうした変化をさらに強く感じさせるのが、この年の暮れに「女性自身に焦点を合せた…」というキャッチコピーとともに鳴り物入りで登場した『週刊女性自身』の創刊号を飾った「愛と空白の共謀」（昭33・12・12）という短編だったのである。

5

「愛と空白の共謀」は、夫（俊吾）が出張旅行中に急死して取り残された章子という女性が、三年ほどたって、夫が亡くなってから関係が生じた夫の同僚の福井と旅行中に、夫が亡くなった高級旅館の「女中」を飛行機の機内で見かけ、その女性が関連会社の専務夫人（H夫人）であると教えられ、夫が彼女との逢い引きの最中に急死したことに思い至るというはなしだ。

電気器具製造会社の営業課長である俊吾は、隔月で一週間ほど大阪に会議のため出張するという生活を三年間続けており、そのどこかで、H夫人との関係が生じたのだろう。この頃の交通事情を反映させた泊まりがけの出張は、清張ミステリーのみならず、しばしばこうしたかたちで利用されており、当時の雑誌にも、「うちの亭主も、出張に行ったときなんか、何してくるかわかったもんじゃないわ」（原奎一郎「こんな浮気なら夫婦生活にプラスする」『夫婦生活』昭32・6）という女房族の声が紹介されていたり、「危機は出張に」（内川欣也「妻に不倫は？夫に情事は？」同前）という見出しが見られたりする。後者の記事中には、前々から「出張用へそくり」を用意していたりとか、「日程をへそくっての帰りの温泉地途中下車」などの「手口」の紹介もある。

要するに同時代的には、少なくともミステリーのなかなどでは出張は浮気の記号であったわけであり、「愛と空白の共謀」のストーリー展開も、そうした同時代感覚に依拠していたと言ってよい。しかもこのはなしはH夫人にポイントをおけば〈よろめき〉ドラマでもあったわけで、その背後には三島由紀夫の『美徳のよろめき』（昭32）に端を発したよろめきブームがあることも見落とすことはできない。ちなみに加藤迪男編の『20世紀のことばの年表』（平13）には、「よろめき」は昭和三十二年の欄にこのように記されている。

名門夫人の浮気をテーマにした三島由紀夫のこの年のベストセラー小説「美徳のよろめき」から生まれた流行語。浮気、姦通、不貞といった意味で「よろめき族」という言葉から、テレビの「よろめきドラマ」まで登場した。

要するに当時の読者からすれば大いに納得できる諸設定のうえに、ラストで夫の死の真相（H夫人との浮気旅行中の急死）が明らかにされていたわけだが、ではここに見られるさまざまな「愛」は作中でどのように色づけされていただろうか。

俊吾の妻の章子ものちには既婚の福井と関係を持つに至るが、章子自身は罪意識にさいなまれていた。ひとつは亡き「夫への背徳」であり、もうひとつは「福井秀治の妻への苦しみ」である。しかしそのいっぽうで章子は、福井の「妻への嫉妬」にも苦しめられたことになっている。こんなところからもわかるように、この作品では単純に、既婚の女性が（章子の場合は未亡人だが）既婚の男性と関係を持つこと自体が糾弾されるようにはなっていない。その代わりに、章子の場合で言えば、男性の身勝手さがクローズアップされる仕掛けになっているのである。

たとえば会社帰りに章子のアパートに立ち寄っても、章子のほうがまだ帰宅していないと（不規則な校正係をしていた）、自分の家庭のこともあって福井はさっさと帰ってしまう。俊吾だったら、「夫だったら、その部屋にいてくれる」と思わずにはいられない章子に、福井の身勝手さが意識された最初である。この思いは、九州に出張した福井と待ち合わせて旅行した際にも、しばしば章子を捉えた。阿蘇の山頂で「東京は、どっちか知ってるかい？」と聞く福井を見て、「福井は東京の妻のことを考えているのではないか」と感じた時もそうだったが、何よりも、浮気旅行が発覚するのを恐れて、飛行機に搭乗する際の身元の連絡先を架空のものにするように、と福井から指示された時にそれは頂点に達した。

章子は、突き落されて、あたりが傾いたように見えた。福井秀治は飛行機事故で死んでも妻の所に還っていくだろう。自分はどうなるのだ。仮名に化かされた一人の女は、身もと不詳として埋葬される。――章子は、福井秀治が、前後を忘れてみせた本性に蒼ざめていた。

（中略）福井秀治が飛行機事故の幻想にうろたえて、不覚に見せた破綻から、男の利己心がむきだされた。彼が無視してきたはずの妻が、不慮の死の受取人に指定されている。が、のちの証拠を残さぬ理由で章子は闇に葬られる。福井秀治は、そのことを塵ほども疑問に思っていないのである。

福井秀治が急に小さな姿となって、章子の心から駆けて逃げた。

これを契機として、章子の気持ちは「彼との別れは、早くしよう」という決意へと急速に傾いていくのである。不倫や浮気への糾弾よりも、男の身勝手さが俎上に載せられていたことが印象的だが、実は夫が急死した際、係りの女性として紹介された女性が関連会社のH専務夫人であることを教えられ、夫の死をめぐる状況の全貌を章子が推理できるようになったのも、福井と帰京する機内でH夫人と乗り合わせたこの時だったのである。

重要なのはH夫人の描かれ方だ。章子にしてみればいわば憎っくき相手であり、今をときめく〈よろめき夫人〉の一人であるにもかかわらず、その態度は堂々としていた。もちろん夫人からすれば章子が乗り合わせていることなど知る由もないのだから臆するところがないのは当然とも言えるが、章子のほうもそうした夫人に対して非難がましい目を向けていないのが注目される。

それればかりでなく、ここには「夫の相手の女に不思議な親しみが湧きあがった」とさえ記されているのである。「三年前、必死の機知をもって夫の遺骸を妻に還してくれたH夫人」の心配りが、おそらくは章子のなかで福井の（＝男の）身勝手さと対置され、「三年前の欺瞞に対しての憎しみは少しも起らなかった」だけでなく、「不思議な親しみ」さえも生むことになったのではないか。もはや浮気とかよろめきとかいった次元のことは問題ではないのだ。そうだとすれば、羽田に降り立った章子が福井の誘いをはねつけて「わたし、別の車で帰るわ」と「吐くように言い捨てて離れた」のも当然であったと言わなくてはならないだろう。

よろめいたり不倫したりした女たちのほうがむしろ堂々としており、相手の男のほうが、一人は死に、もう一人は見切りを付けられる。それももとをただせば男の身勝手さゆえであり、それに比べれば女性のほうは、事情の書かれていないH夫人はともかくとして、少なくとも章子の場合は、夫の死後福井との関係にはまり込んでいったやむにやまれぬ事情のようなものが感じ取れる。単に、浮気とかよろめきとかが糾弾されることが少なくなった、とか、規範のしばりがゆるくなった、とかいうようなことではなく、男の場合と女の場合との境遇や事情の差にも目が行くようになったことの結果としての捉え方の変化であり、つまりは男女関係、男女問題の総体的な見直しなのだ。

いずれにしても、こうした変化の背後にある大きな時代の潮流の変化を思わずにはいられないが、実はこうした男女関係捉え直しの姿勢は、掲載誌である『週刊女性自身』が強く打ち出していたものでもあった。その端的な表れのひとつが、創刊号である昭和三十三年十二月十二日号に掲げられた「あなたの原稿をお寄せ下さい」という、三種類の投稿を促す告知だったのである。

その三種類とは、「一、私の『異常体験』」、「二、私が悩んだ『愛と憎しみ』の問題」、「三、『私は、男性に抗議する』」であり、なかでも二と三は、同じく創刊号に載った「愛と空白の共謀」とも重なるところが多い。ちなみに二には「ふくざつな愛情の問題で、お悩みになったことはございませんか。そのきっかけ、過程、そして結末などお洩らし下さい」との趣旨説明があり、三には、「いやな男！全く沢山います。エゴ、横暴、出世主義、その他なんでも結構。具体的な例をぜひあげてお書き下さい」とある。

『週刊女性自身』の発行元は光文社であり、すでに『点と線』（昭33）を始めとして同社と深い関係にあった清張であってみれば、こうした路線自体への関与も十分に想像されるが、いずれにしても、清張ミステリーはこのようにして女性誌と連携することで、当時の女性が置かれていた立場や境遇にきめ細かく分け入っていくこととなり、そのことが結果的に、杓子定規な規範からの相対的な自由の確保や男女問題の見直しへとつながり、ミステリーの世界に新たな領域を切り開いていったと見ることもできるだろう。

6

実は『週刊女性自身』は先の投稿募集記事からもうかがえるように、きわめて社会性の濃厚な女性週刊誌であり、創刊から二年間くらいの範囲で見ても、松川事件、安保問題、ハンセン病問題、筑豊炭田のルポなどが誌面を飾っており、その点でも清張ミステリーとの類縁性が指摘できるのだが、ここでは、V壁への初登攀の証明をめぐる山岳史上の事件、という社会性と〈よろめき〉とを掛け合わせた「文字のない初登攀」（『週刊女性自身』昭35・11・16）という小説を最後にのぞいてみることにしよう。

七年前にV壁の初登攀成功した「私」（高坂憲造）だったが、同行者も証拠写真も目撃者もいなかったために、次第に周囲から初登頂の事実に対して疑いの目を向けられるようになる。登山家同士のどす黒い確執や嫉妬もそこには渦巻いていた。しかし、実は「私」の初登頂には、山腹からこれを見守っていた男女の目撃者があった。だが、彼らはお忍びの登山だったために、証言するわけにはいかなかったのだ。しかし、六、七年が経過し、非難が公然となされるようになるに至って、「私」は自己の潔白を証明するための最後の手段として、証言を依頼するために彼らを訪ねる。ところが男性（西田）のほうはすでに六年前に自殺しており、最後の望みを託した女性（外交官夫人の白鳥弓子）にも、年老いた夫と子供との平穏な生活があることを知り、「私」は依頼を断念し、汚名を甘んじて受ける覚悟を固めるというはなしだ。

前述したように社会性と〈よろめき〉とが掛け合わされているわけだが、ここでは後者に絞って考えてみると、弓子は七年前に「三十くらい」、西田はそれより「ちょっと若そう」という設定だ。そしてのちに明らかになるところによれば、夫のスイス在勤中に弓子は趣味の山登りを通じて西田と知り合い、一度は心中まで決意したものの、夫が帰国すると聞いて決意を翻し、絶望した西田だけが死を選んだというのが真相のようだ。西田の死が一種の懲罰にあたるとすれば、〈よろめき〉に加えて裏切りまでしている弓子のほうはもっと糾弾されても当然、とも思えるが、はなしのなかではそうはなっていない。あたかも「愛と空白の共謀」のH夫人のように、堂々と振る舞っているのだ。

白鳥弓子は、おそらく、私が訪ねて来た目的を察したのであろう。だが、彼女の顔色には少しの狼狽もなかった……。（中略）彼女が、それをつぶやいたとき、その表情は、むしろ昂然とさえしていた。

しかもここで見逃せないのは、「私」も彼女のそうした態度をしごく当然のこととして受け止めているということだ。「しかし、私は白鳥弓子を非難する気にはなれないのだ。彼女を、女の身勝手な自我と、誰がののしることができるだろうか」。これをごくありきたりに、規範よりも〈愛〉に加担している、と評してもまちがいではないが、むしろ「私」やそのうしろにいる作者のまなざしは、苦渋の選択を繰り返してきたひとりの女性の内面や人生のほうにこそ向けられているように思える。そしてその重さを前にした時には、彼女が選択した行為が世俗道徳や規範にかなっていたかどうかなどといったことはほとんど取るに足らないこととして退けられることになったのではないだろうか。

『週刊女性自身』の、あるいは清張ミステリーの、つまずきを乗り越えて再出発しようとする女性たちへの応援歌とも言うべきこうした姿勢が多くの女性読者のこころを摑んで離さなかったのは当然であり、清張ミステリーが女性読者の圧倒的な支持を得た理由のひとつがここにあった。

女性誌と連携しての女性たちへの応援歌という側面は確かに巨大だが、清張ミステリーが女性読者たちの支持を集めた理由としては他にも、先に述べた同時代性にしっかりと根を下ろしているという点も軽視はできない。こころみに、前掲の『夫婦生活』や読売新聞婦人部編の『現代夫婦読本』（昭34）に基づいて〈よろめき〉や浮気の同時代状況を復元してみると、〈よろめき〉は三十代夫人に多く、相手は年下の場合が多いというのが一般的な〈よろめき〉イメージであった。ここで見てきた作品で言えば、「愛と空白の共謀」も「文字のない初登攀」もこれにあてはまる。また〈よろめき〉とはいっても、「心の上」、「心の姦淫」であるケースも多かったようで、登山を通じて結ばれた「文字のない初登攀」は案外これにあたるかもしれない。

〈よろめき〉が多かった時代的な理由として、みずからは見合い結婚をした世代が恋愛や恋愛結婚に憧れて、というケースが多かったというのも興味深い。要するに見合い結婚が優勢であった時代から恋愛結婚主流時代への過渡期であったために、自分は見合いで結ばれたにもかかわらず、恋愛も経験してみたいと思う女性たちが続出したようなのである。「愛と空白の共謀」のH夫人や「文字のない初登攀」の白鳥弓子がこれにあたるのはもちろんだが、面白いのは、「遠くからの声」の姉の民子もおそらくこうした思いをかかえており、それが自由奔放な妹の啓子の生き方への屈折した感情の基底をなしている。「愛してるんなら、はたで云ったって駄目だよ」という夫の啓子評にすなおには同意できない民子の奥深くにあるのが、この思いなのである。

「愛と空白の共謀」も「文字のない初登攀」も〈よろめき〉が離婚にまでは結び付いていないが、昭和三十年代は戦後では離婚率が低いことで知られる時期であり（昭和二十五年以降徐々に下降していき、昭和三十八年には戦後最低を記録）、そうした理由からも、両作品の展開は読者の納得を得やすい設定だ。

このように同時代性にしっかりと根を下ろしつつ、女性たちへの応援歌という立場を貫いたところに、清張ミステリーが女性読者の圧倒的な支持を獲得できた理由があったわけであり、『週刊女性自身』に代表される女性誌との連携ぶりは、むしろ清張ミステリーはそれらの雑誌に育てられた、ないしはそれらの雑誌の読者に育てられた、と言ってもよいほどに濃密なものだったのである。

もちろん、大部分の女性読者はたとえば「愛と空白の共謀」の章子のようには、応援歌をおくられるほどの劇的な人生を歩んだわけではあるまい。むしろ現実にはかなわぬ夢や冒険を作中人物が代行し、そうすることで読者にも束の間の夢を見させた、というのが実際のところだろう。そして陶酔のあとには現実に引き戻し、場合によっては勧善懲悪的な隠し味も忘れない、というのが清張ミステリーの真骨頂だった。しかし、見てきたように、清張ミステリーは杓子定規な懲罰的色合いを次第に減じ、やむにやまれぬ選択をした女性主人公たちの内面や人生こそを、熱い共感をもって描き出す方向へと転じていった。繰り返して言えば、それこそが多くの女性読者のこころを摑むことができた理由であり、そう言ってさしつかえなければ、清張流の「作戦」であり「戦略」であったのである。

清張一口メモ：雑誌メディアと文学の大衆化

毎年恒例となっている出版ニュース社による出版・読書界十大ニュースを見ると、昭和三十四年には週刊誌ブームが、また昭和三十七年には女性誌の台頭が、話題となっている。

前者は、昭和三十一年創刊の『週刊新潮』を追うようにしてこの昭和三十四年に『週刊現代』と『週刊文春』が創刊され、それ以前から圧倒的な強さを堅持してきた『週刊朝日』や『サンデー毎日』、さらには『週刊女性自身』（昭33創刊）、『週刊女性』（昭32創刊）、『週刊明星』（昭33創刊）、『週刊平凡』（昭34創刊）などを加えて、月あたりにして四六四〇万部を売り上げ、月刊誌の合計四千万部を上回る勢いを見せたことが大変な評判となった。

後者は、週刊誌ブームの勢いをかって、『マドモアゼル』（昭35）、『ミセス』（昭36）、『女性明星』『美しい女性』（ともに昭37）等が続々創刊され、他方では、『主婦の友』、『主婦と生活』、『婦人倶楽部』、『婦人生活』の婦人主要四誌や『婦人公論』等の既存誌も好調で、翌年以降も『女性セブン』、『ヤングレディ』、『マダム』等が参入するといった盛況ぶりだった。

これを、週刊月刊合わせた雑誌売上総数の概数で見ると、昭和三十一年の五億冊が、三十四年には八億冊、三十七年には一〇億冊というようにかなりの上昇カーブを描いている。明らかに、読者人口の爆発的な拡大という現象が見て取れるのだが、各年ごとの『出版年鑑』の概括によれば、週刊誌ブームによって火をつけられた読者層の開拓・拡大は、都会のサラリーマン層やOL、主婦層ばかりでなく、それまでは一般的に活字とは疎遠だった農村部にも広く及んでいたという。

こうした現象の背景としてはいろいろ考えられるが、たとえば第一次産業から第三次産業への人口移動（昭和三十年の千六百万人対千三百万人が、昭和四十年には千百万人対二千万人に逆転している）にともなっての通勤という生活時間の出現なども理由の一つとして挙げられる。何しろ東京の一日の国電利用者数が六百万人にものぼり、しかもそれが毎年二、四〇万人のペースで増加中（朝日新聞社編『東京だより』昭36）、という時代だったのだから。

通勤の一翼を担う女性の社会進出という現象も見逃せない。高学歴化、就業＝経済力の獲得など、いずれも読書欲や書籍の購買力に結びついていくはずのものだからである。さらには、いわゆる家庭電化ブームの到来とそこから生み出される大量の余暇時間も、読者人口の拡大と密接な関係がありそうだ。「週刊誌を読むおもな場所」の調査によると（『読書世論調査』昭41）、「自宅」に混じって「通勤途中」や「職場」「美容院」「旅行中」などが登場してきており、読者層や読書形態の変化との密接な関連のもとに週刊誌ブームや雑誌ブームが起こっていたことが、こんなところからもわかる。

もちろん、こうした傾向は雑誌においてのみ見られたわけではない。いつの時代においても現象の裾野を形成していた最大勢力は新聞であり、もう一つは言うまでもなく単行本だからである。だとしたら、そのいずれにおいても、読者人口の拡大＝大衆読者の出現という事態は見られたと考えなくてはならないのである。

では、そうした大衆読者の要求とは何だったのか。たとえば小説で言えば、彼らはどんなタイプの小説を欲していたのだろうか。昭和三十二年の共同通信社の調査によると、新聞読者の要望はユーモアものや恋愛もの、家庭もの、剣豪もの、歴史ものなどに集中しており、そのいっぽうで文章がむずかしかったり、テンポが遅かったり、こみ入ってわかりにくかったりすると敬遠されたた（こちらは昭和33年の読売新聞の調査）。

それまでの狭い範囲の読者を対象とした文学とはまったく異質な、面白くて楽しい小説が待ち望まれていたわけであり、またそれは、大衆読者とともに歩こうとする多くの新聞や雑誌の目指すところでもあった。

こうした姿勢と発想のもとに、昭和二十年代の『週刊朝日』（吉川英治『新平家物語』）と『サンデー毎日』（源氏鶏太『三等重役』）の一騎打ちを皮切りとして、『小説新潮』誌上での石坂洋次郎（『石中先生行状記』）と舟橋聖一（夏子もの）のデッドヒート、『週刊新潮』を舞台とする柴田錬三郎（『眠狂四郎』）と五味康祐（『柳生武芸帳』）の対決、『オール読物』誌上での藤沢周平と池波正太郎の競演、などが賑やかに繰り広げられたのである。

しかも各発表紙誌、各作家においては読者層に応じた棲み分けがなされ、たとえば女性の支持率の高い井上靖は女性誌に愛情ものを、また中年以上の男性管理職や中小企業主に支持された山岡荘八の『徳川家康』はもっとも大衆的な発表媒体である新聞に長期連載される、といったような具合だった。その意味では山岡文学に通じる側面を持つ司馬遼太郎の小説の多くが新聞に発表されたのもゆえなきことではない。昭和三十年代から四十年代にかけての文学の大衆化現象は、社会構造の変化と大衆読者の出現という外的条件に促されるようにして起こり、その内実としては当然のことながら従来の純文学とは一線を画したいわゆるエンターテインメントが志向されることになった。これがやがて昭和四十年代の中間小説界をリードした『小説現代』誌上での五木寛之（『さらばモスクワ愚連隊』）のエンターテインメント宣言へと結実していくのである。さらに純文学との関係をめぐって純文学論争なるものも交わされたが、いずれにしてもこの時期に決定的となった二極構造は今に至るまで依然として尾を引いている気配なのである。

2　「遭難」の内と外

――『週刊朝日』と『黒い画集』――

1

清張ミステリーの卓抜なところを手短かに言えば、一つには時代の鮮やかな取り込みがあり、二つ目としては、読者への懇切きわまる助言・情報の提供があり、さらには三つ目として、それらをこなした上でなおかつ、小説としても優れた構成力を備えている、ということが挙げられる。

最初の特徴に関しては『清張ミステリーと昭和三十年代』で十作前後の小説を例に挙げて、時代と作品との相互交渉ぶり、すなわち、時代のほうは本質や断面をえぐりとられ、作品のほうはそのことで願ってもないテーマやシチュエーションを手に入れることができ、したがってそこにおいては作品を深く読むことが時代を知ることに結びつき、また、時代を究めることが作品を深く読むことにつながっている様子を、詳述した。

二つ目の特徴については、ブームとしての〈よろめき〉の位置づけ方をめぐって、女性誌への掲載作の傾向の推移を検証した「清張ミステリーと女性読者―女性誌との連携の諸相―」（本章1節）で、問題提起しておいた。婚外の異性関係に対して、当初の否定一辺倒から、次第に、やむにやまれぬ事情やその背景にまで目配りするようになり、特に当事者である女性に対しては、〈よろめき〉を画一的に非難するのではなく、むしろその再出発を応援する方向へと転じていった経緯を明らかにした。

もちろん、単純に〈よろめき〉を肯定しているわけではなく、当時の女性たちが置かれていた立場や境遇を顧慮することで、男性側にはなく女性側にのみあったやむにやまれぬ事情を浮き彫りにした結果としての、免罪符であり、応援歌だったのである。

境遇的ハンデに加え、「清張ミステリーと女性読者」で明らかにしたように、そこには結婚形態の急激な変化に伴う渇きのようなものもあった。すなわち、トレンドが見合い結婚から恋愛結婚へと急速に移行するなかで、一世代上のかつての見合い結婚組が、とりわけ婚外恋愛を厳しく制限されていた既婚女性たちが、ひそかに恋愛願望の灯をともすことになったというわけである。

三島由紀夫の『美徳のよろめき』（昭32）に端を発する現象として単純に捉えられがちな〈よろめき〉ブームにも、この程度の社会的背景や必然性はあり、それと正面から向き合い、弱者＝女性のがわに加担することで多くの女性読者たちの心を惹きつけたことが、この時期の清張ミステリー大躍進の最大の理由にほかならなかったのだ。しかも、こうした〈よろめき〉の捉え方が決して清張ミステリーのみのものではなかったことが、「全女性?の共感をよぶ―流行語〝よろめき族〟の背景―」（『週刊読売』昭32・9・8）という記事を見ると、わかる。

「文壇」欄に掲げられた無署名の記事だが、戦後になって姦通罪がなくなったことから「既婚者の情事」が多くの作品中に見られるようになったと指摘した上で、そこに「読者も激変した新しい時代を実感することができるのである」としている。〈よろめき〉への反発や糾弾とはほど遠いトーンだが、さらに先を読むと、そこには次のような〈よろめき〉弁護ともとれるような指摘が見られる。

（よろめいた人妻主人公たちは―藤井）みないちように激動する社会に、男性に肩を並べて生きゆく女性の哀歓を表わしている。

そして、「執ようなまでに既婚の女性の（よろめきに傾く―藤井）純粋面」を追求したからこそ、一連の〈よろめき〉小説は、幅広い支持を得られたのだと説く。

男性はむろんのこと、若い女性、中年の女性を通じて愛読されるのも、そこに女性たちの理想というか、運命というか、ともかく、かくされ、ふさがれていた世界の営みにおける女性の典型が、いまや白日の下に読者とともに生きて、呼吸しているからである。

当時における〈よろめき〉の意味合いがいかにその時代の状況、とりわけ女性たちが置かれていた閉塞的境遇と密接にリンクしていたかがわかる。清張ミステリーもまたまさしくその個所にメスを入れることで、「男性はむろんのこと、若い女性、中年の女性を通じて愛読される」作品の仲間入りを果したというわけである。

2

ここで取り上げる『黒い画集』シリーズの巻頭を飾った「遭難」（『週刊朝日』昭33・10・5～12・

14）においても、〈よろめき〉は重要なスパイスとなっているので〈よろめき〉をめぐる同時代状況を先走って少し詳しく見てみたが、この作品は構成力においても非凡なものがあり、というか、むしろ冒頭に掲げた三つの特徴のいずれをも濃厚に具備しているという点で、清張ミステリーを代表する作品の一つとみなすことができる。

当然、「登山」と〈よろめき〉の取り込み、それらをめぐる情報と教訓性、そして緻密な構成、の三つが検討の対象となるが、そうしたもろもろの「内」にアプローチする前に、この小説の「外」まわりをもう少し、押さえておくことにしよう。すなわち、『週刊朝日』と清張という取り合わせをめぐって。

『黒い画集』の連作スタイルは、『週刊朝日』の当時の編集長扇谷正造のアイディアによるものだったことを、松本清張記念館編『黒い画集・展』（平14）が紹介している。一時低迷気味であった『週刊朝日』を「人間的興味中心のニュース大衆誌として発展させ」たのが扇谷であり、その扇谷がサマセット・モームの『コスモポリタン』を読み、一回二五枚の読み切り連作のスタイルを思いつき、提案したというのである（「『黒い画集』誕生」）。

『週刊朝日百科　世界の文学99　松本清張、司馬遼太郎ほか』（平13）の巻頭文（本書二〇六頁、清張一口メモ「雑誌メディアと文学の大衆化」）で述べたように、昭和三十年代は大変な雑誌ブームのただなかにあった。昭和三十一年の『週刊新潮』の創刊が口火を切った週刊誌戦争、翌年の『週刊女性』、翌々年の『週刊女性自身』の創刊に象徴される女性誌ブーム。それまでは活字とは疎遠だった層が新たな、そして膨大な読者人口を形成し、そうした需要に応えうる雑誌や記事・連載小説の出現が待望されていた。そしてそれらの動向の背景としてあったのが、高度経済成長によってもたらされた生活のゆとりであり、高学歴志向であり、第三次産業人口の増加、都会への人口移動、住宅地の郊外化、通勤族の登場、等々の現象であったのである。

毎年調査・刊行された『読書世論調査』（毎日新聞社）の「週刊誌を読むおもな場所」の項目で「通勤途中」が増加してくるのもこの頃であり、そうした新しい風俗が話題となり、その弊害（車中の読書が神経を緊張させる）が指摘されたりもしていた（「安眠と、頭のフルな回転」『サンデー毎日』昭33・3・9）。いずれにしてもそうした新たな読者層を当て込んで各種週刊誌がしのぎを削ることになったのは当然だった。そんななかにあって、同じく『読書世論調査』の「毎月（週）買って読む雑誌」のランキングで、週刊誌としては昭和二十年代末からトップの位置にあった『週刊朝日』が僅差とはいえその座を『サンデー毎日』に奪われたのが、昭和三十二年度のことであった。昭和三十三年版『出版年鑑』が「推定」という断り付きで掲げているデータ（三十二年度のもの）では、その直前の部数比は、『週刊朝日』一二〇万部に対して『サンデー毎日』一〇〇万部であったのだが、それがこの前後をさかいに逆転したのである。

扇谷による方針転換や当代の人気作家である清張の起用も、こうした情勢の変化をうけてのことであったことになるが、それに先立って、同誌の昭和三十二年九月二十二日号の「人物双曲線　新進推理小説作家」の欄に、有馬頼義と並んで清張が登場している。そしてそこで清張は「筆をお執りになったのはいつごろからですか」と問われて、「昭和二十六年の週刊朝日の『百万人の小説』に『西郷札』が入選して以来です」と答えることから始めている。

もちろん、実際そうなのだから、と言ってしまえばそれまでだが、ここからはそれ以上の語気が感じられる。すなわち、よくぞ聞いてくれた、まさに貴誌との出会いがキッカケだったのですよ、とでもいうような。まして刊行元の朝日新聞社は清張の古巣でもあった。同インタビュー記事に付された略歴に、「朝日新聞社の広告部に十八年勤めたが、三十一年五月退社」とあるように。

インタビューでの以下のやりとりは省略するが、ここでは、この一年後に念願かなって古巣に発表舞台を与えられることになる清張の意気込みのようなものを、確認しておきたい（この時点での口約束も十分考えられる）。それと、もう一つこのインタビュー記事から想像できることとして、おそらくは編集部と清張との合意の上で採用されたと思われる「犯罪の動機にウエイトを」という見出しにも注目しておきたい。これまた、本格派ならぬ社会派のトレードマークと言ってしまえばそれまでだが、一年後の「遭難」の主人公江田昌利の場合に重ねて受け止めたいという誘惑にどうしても駆られてしまうのだ（江田の行為の正当化、冬山からの江田の生還という終わらせ方につながる）。

3

ここでもう少し『読書世論調査』に付き合って、『週刊朝日』の読者層について考えてみよう。要するに、男性誌なのか女性誌なのかということだが、女性読者にもかなり支持されていたことが注目される。昭和三十五年版『読書世論調査』（昭35・9に調査）で見ると、女性が読む週刊誌のトップは『週刊女性自身』で二九六人、次が『サンデー毎日』で二五二人、そして第三位が『週刊朝日』で一八五人、となっている。ちなみに男性のほうは、一位が『サンデー毎日』で五三七人、そして『週刊朝日』は二位で四九五人となっている。

こんなところからも、登山だけでなく、女性読者向けに〈よろめき〉も必要であったことが理解できる。ところで、『週刊朝日』の男性読者を職業別で見ると、圧倒的に多いのは、「公務員・大企業事務員」、すなわちサラリーマンであったことがわかる。四九五人中の一六一人で、これに継ぐのは中小企業主・商店主の八二人であったのだから、その圧倒的な優勢ぶりがわかる。

『読書世論調査』には、他にも、地域別・年齢別・学歴別のデータが紹介されているが、男性の場合、年齢は、二〇歳から二九歳（一一九人）と、三〇歳から三九歳（一五四人）が中心。また地域別では「市部」が多く、学歴別では、一〇年から一二年組（高卒）が多数派だ。地域別の最大派閥は市部在住組だけれども、「六大都市」組も当然多く、特に『週刊朝日』の場合、他誌を圧倒している。これと同じようなことが、学歴についても言える。一三年以上の大卒組が他誌よりも多いのが特徴だからだ。要するに、読者像としては、男性の場合、都会の高学歴のサラリーマンで、二十代から三十代にかけて、というのが平均的なところであったことが『読書世論調査』からうかがえる。そして「遭難」の内容もこうした読者像にふさわしいものであろうことが、当然予想される。

前節の「清張ミステリーと女性読者」では、〈よろめき〉に代表される女性の行為や決断をめぐって、清張ミステリーが時代をいかに的確に洞察し、その上でそれらを作中に取り込み、結果としてどのようなメッセージを読者に送り届けてきていたかを考察した。だとしたら、『黒い画集』における清張の戦略も当然それに匹敵する（＝その男性版）ようなものでなくてはならないはずだ。

「遭難」のおもな登場人物としては、男性では、妻と不倫関係にあった岩瀬秀雄を死に至らしめた江田昌利、江田の部下の岩瀬秀雄、江田の部下で岩瀬の後輩の浦橋吾一、そして、岩瀬の姉の真佐子の意を受けて江田に案内させて遭難現場を訪れる彼らの従兄の槇田二郎らがいる。まず年齢を見てみると、江田が三十二歳、岩瀬が二十八歳、浦橋が二十五歳。槇田に関しては正確なところはわからないが、いくら伝説の岳人土岐真吉の友人とはいえ、岩瀬姉弟の従兄ということもあり、四十代にはなっていないのではなかろうか（旧制松本高校の山岳部で戦前派と言っている）。

職業は前の三人が銀行勤めで、そのなかでは江田が支店長代理の地位にあることになっている。いっぽう槇田は東北の電力会社勤務で仙台在住。土岐の言葉に「おまえは東北あたりに飛ばされて」とあるから、最初は東京勤務だったのかもしれない。学歴は、江田はS大卒であることが明記されているが、岩瀬と浦橋の二人は高卒の可能性もある。三十二歳の江田が支店長代理で、わずか四歳年下の岩瀬が貸付係で「仕事上、外回りが多かった」というあたりからも、そうしたニュアンスはうかがえなくもない。

江田に「大学はどちらですか」と問われて、「いや、山岳部は松本高校です」と答えている槇田も、大学では山岳部に所属しなかったという意味だったのかどうか、はっきりしない。ただ、いずれにしても、一〇年から一二年組（高卒）が多数派で、一三年以上の大卒組も他誌よりは多いという『週刊朝日』の読者層とはピタリと重なっているのである。職業も全員が「公務員・大企業事務員」であり、年齢も二十代と三十代、住所も槇田が市部在住組で、あとの三人は東京（六大都市）と、見事に読者層と対応している。

浦橋の住まいはわからないが、岩瀬のほうは新宿区喜久井町在住とある。社員住宅か戦前からの住まいかは不明だが、当時地下鉄東西線は未開通だから、通勤にはバスか都電を利用したと思われ、とすると車中の読書はきつかったかもしれない。これに対して、中央線で丸の内まで一本の高円寺に住んでいる江田はまちがいなく（？）通勤読書組だ。こんな具合に、読者に身近な、ないしは、我が事かと見まがうばかりの人物や出来事のオンパレードが、清張ミステリーの真骨頂でもあったのである。

4

ところで、そうした読者が、つまりは江田や岩瀬らが、いまだ労働環境が未整備であった当時としては貴重な二、三日の休暇を費やしてまでして（「勤め人は、みんな、それくらい〈三日間―藤井〉の強行軍が普通のようです」と槇田の言葉にある）熱を上げていたのが、この頃の花形レジャーであった登山だった。

日本登山隊のマナスル（＝標高八一二五メートルのヒマラヤの高峰）登頂成功（昭31・5・9）を記念して編まれた『カメラ毎日』増大号（「マナスル登頂記念特集」昭31・9）の編集後記に「日本登山隊

のマナスル登頂成功は、今年の夏山にマナスル景気といわれるほどの盛況をもたらしました」とあるように、この頃から登山は社会的にも広く認知され、ブームとなっていった。しかし、そのいっぽうでは遭難事故も多発し、登山そのものよりも、むしろ遭難事故のほうが社会的注目を集めるといったような変則的な事態をも招く結果となってしまった。

いま、手許に『遭難の実態Ⅲ―遭難実態調査（昭和31年4月～昭和38年3月）より―』と題されたガリ版刷り（表紙のみ活字印刷）の七八頁ほどの冊子がある。編者は、明治大学体育会山岳部遭難対策委員会、昭和三十八年十一月十三日の発行だ。ただし、後書きや付記の類を見ると、同会からは同種のものが過去に二度出ている。最初は、昭和三十四年六月発行の『夏山の遭難について＝遭難実態調査より（昭和31～33年）』であり、二度目は、機関誌『ろばた』に掲載された「積雪期の遭難について＝遭難実態調査から（昭和30～35年）」だ。かりにこれらを刊行順に一冊目、二冊目、三冊目と呼ぶとすれば、明記された期間からわかるように、二冊目は一冊目を包含し、三冊目はそれ以前の二冊を包含するかっこうになっている。そしていま手許にあるのがその三冊目というわけである。

中身はタイトルからもだいたい想像は付くが、こうした記録が編まれたキッカケについて、三冊目の「まえがき」で委員長の大塚博美はこう述べている。

吾々は、昭和三二年の春、白馬杓子岳で五人の仲間を失った。（中略）遺体の収容作業を通して、つぶさに原因を究明した結果、吾々は今更のように山登りのむづかしさを考えさせられた。

そして山の持つ複雑な要素に取組む登山者が、その危険をたくみに避け、安全な登山を続けるにはどうしたらよいであろうかと自問した。（中略）吾々は、遭難の実態を調査することによって、直接、間接の原因から山の危険を避ける方法、つまり納得出来る登山技術を一つ一つ集積して、山を知る手掛りにしようとしたのである。

遭難事故再発防止のための遭難実態の調査、これが昭和三十二年の惨事を教訓とした同会の真摯な対応であったわけで、手順としては、その期間内に新聞報道された、ないしは各山岳団体から報告のあった遭難事故を対象として、当事者に趣意書と調査票を送付し、それを集計（場合によっては面接調査も）するという方法を採用した。手許にある三冊目にその趣意書も添付されているので、少し紹介してみる。

近年、特に登山が広範囲に普及してきたことは、私達登山愛好者として痛快この上ないことです。

これは戦後十年を経て一般的に社会生活の安定をみたことはもとより、世界最高峰「エベレスト」を初め、日本山岳会による「マナスル」登頂等に刺激された、いわゆる登山ブームの他、戦後初めて国民体育大会の一部門として登山が取り上げられたことも、その普及に大きな役割を占め、その他交通、特にバスの発達に伴い、各地観光、興行機関の誘致宣伝は若い人達の登山熱を搔き立てるに充分であり、騒化した都会生活からの逃避、自然への郷愁、人心の安息等、考え合わせれば、今後一層登山が盛んになることは容易に予測されます。
しかるに、登山の普及に伴って遭難事故が殖えてきたという事実は甚だ不本意であり、さらにその過半数が登山者自身の不注意であろうと推察されることは、まことに遺憾であります。(中略)
いうまでもなく、既に登山における遭難事件は大きな社会問題として取り上げられ、その対策がいろいろ取り沙汰されている折から遭難事故防止はわが国における山岳界が当面している重要な課題でありますが、この課題を解決するためには、まず第一に基本的な研究、調査により正確な実態を把握し、それに基いて防止の方策を樹立することが必要であります。

前述のように一冊目の刊行が昭和三十四年六月だから、三十二年三月の事故を受けて、最初の調査は三十三年中にはスタートしていたものと思われる。「遭難」の連載開始が同年十月だから、そうした同時代状況に棹さしつつ、浦橋吾一の手記や槇田二郎の山岳推理はラッシュの通勤電車のなかでサラリーマンたちによって読まれていたというわけだ。
ところで、肝腎の調査内容だが、同様に調査票の見本が添付されているので紹介してみると、遭難の直接的原因を問う項では、選択肢として、雪崩、滑落、ルートの失誤、疲労困憊、悪天候、などが挙げられている。小説「遭難」の場合だと、あとの三つが関係しているということになるのだろう。

さらに他の項目を見ると、登山実績が何年あるかを問う「経験」の項、「コースの知識」、「健康」、「疲労度」、「計画」・「準備」、「パートナー」・「リーダー」、登山中の「天候」・「行動」、などの項目がある。

いずれも「遭難」の読者にはピンとくるものばかりであり、逆に言えば、「遭難」という小説がいかに丁寧にそうした実態に即して書かれていたか、ということでもある。ことのついでに、集計結果と「遭難」との対応ぶりを見てみると、遭難者数がもっとも多いのが「遭難」が発表された三十三年で、一三一人。直接的原因としては、当然のことながら岩場や氷雪上からの滑落がもっとも多いが、「遭難」との関係で言うと、悪天候や疲労困憊、ルートの失誤も少なからずある。それに関連して、直接的原因の選択肢を細分化したことを反省した次のような発言が、注意を引く。

遭難事故はその原因が単純な一つの原因によって起きているのではなく、数多くの原因が積み重なって、それが一つのケースによって表面化されているものといえる。したがって遭難をその原因別に分類することは非常に困難である。

例えば「ルートの失誤」及び「疲労困憊」はいずれも「悪天候」と同様な要因によって連なっている場合が多く、何を基準にその区別をするかは論議の多いところであった。

いっそ「ルートの失誤と悪天候と疲労困憊」として三者を統一した方が調査、分類に好都合であることも考えられた。しかし中には統一することによってその原因の究明にマイナスとなる点も考えられる。

要するに、三者を一つにしてしまうと、主たる要因が何であったかがわかりにくくなる、というわけだが、いずれにしても、別の個所での指摘にもあるように、「『ルートの失誤』や『疲労困憊』も遭難という結果に至るには、悪天候という条件が重なっている場合が多い」ことは間違いないようで、「遭難の時は、妙に悪条件が重なるものです」という槇田の言葉が思いあわされるが、これひとつとってみても「遭難」という小説のリアリティはまぎれもない。

しかも、清張ミステリーの場合、〈よろめき〉のケースでもそうだったが、時代を取り込むだけにとどまらず、読者へのメッセージ（示唆、教訓）がそこに込められている点が出色だ。「遭難」でいえば、読者はこの作品を最後まで読み通すだけで、知らず知らずのうちに登山の心得を身につけ、「思慮深い岳人」に変身することができる。疲労を持ち込まぬよう、気負わず疾らず謙抑な態度で、五万分の一の地図の携帯、長期予報への目配り、水の飲用は控え目に、頻繁な休憩は疲れを早める、日程の制約ゆえの強行軍は危険、天候の変化の予兆に注意する、山小屋では睡眠を十分に、等々だ。

これらは前掲の『遭難の実態Ⅲ』でも強調されていた事柄ばかりだが、「死にたくなければやめろ」とまで言う山岳評論家安川茂雄のインタビュー（『週刊現代』昭34・11・8）では、天候、体力、心構え、リーダー、の四点が強調された上で、それでもなお「遭難完全防止策は〝止めろ〟という以外にないんです」と締め括られている。

ここまでは「遭難」の「外」部について、そして「外」部ともつながった「内」部について見てきたが、「遭難」のもっとも「内」部らしいところが、その緻密な構成にあるのは言うまでもないだろう。

5

単行本『黒い画集（第一集）』（昭34）所収文に基づいて整理すると、この作品は1から8までの八つの章にわけられている。1は新聞記事の引用、2は浦橋吾一の手記の引用で、さらにそのなかは一から三までの三つにわけられている。そして3からが本来の小説部分で、3で真佐子と槙田が江田のもとを訪れ、4は同日の江田の帰途が中心。5でいよいよ江田と槙田が出発し、6はその延長。7でようやく槙田が江田の「予定の意志」を口にし始め、8ではその「動機」をめぐって二人が渡り合い、ラストの槙田のクレバスへの転落と江田の下山で締め括られる。

三種類の叙述が葛藤する構成だが、単純化してしまえば、要するに、一つの遭難事故が、三つの方向から捉えられているということにほかならない。記者による報道記事、浦橋が事故をどう捉えていたかを語る手記、そして小説部分、というわけだが、三つ目の小説部分に関しては、江田の作為を疑う槙田の推理が優勢ではあるものの、江田がそれを残らず受け容れているかどうかは、定かではない。特に決定的な反論をするわけでもなく槙田の推理を受けて「動機」を明かしているくらいだから、槙田の推理を認めているようでもあるものの、そもそも動機の告白が槙田に動揺を与えて転落を誘うのが目的であったのだから、一抹の不透明さは残る。読者としては江田の真意（つまりは事故の真相）を自分なりに想像し直す余地が辛くも残されている、と見てもいいのでないか。

清張お得意の多元的な把握と、それゆえの読者参加（想像の余地を残す）がここにも見られるわけだが、ここで、もう一つの時代の取り込みである〈よろめき〉と構成との関係についても考えておきたい。男性読者に匹敵するほどの女性読者を擁していた『週刊朝日』であってみれば、男性向けの登山ネタだけでは不十分、というところから出発した（？）〈よろめき〉ネタだが、結果的には消化不足の感は否めない。おもに4にでてくる金沢の実家にもどっている江田の妻の内面や、夫と岩瀬をめぐる関係など、物足りない部分は少なくない。

その意味では〈よろめき〉の存在理由は、むしろ「動機」として、と見たほうがいいくらいだが、そうなると、今度は、前述したように、江田の行為の正当化と江田の生還がそこから導き出されてくる。何しろ、夫が冷遇・虐待しているなら、その虐待されている妻を奪っても悪いことだとは思わない、というような人物もいるくらいだから（『波の塔』）、法律上はいざしらず、妻を奪われた男の復讐劇が肯定的に描かれたとしても不思議はない。また、読者の共感もそれなりに得ることができたのではないか。

松本清張記念館の『黒い画集』展の展示で言及されていたように、原稿と『週刊朝日』掲載の初出文にはあったラストの江田遭難のくだりが、単行化される際には削除され、江田の生還が強く印象づけられることになった背景には、そうした動機をめぐる事情や思惑が介在していたのではないだろうか。

ところで、江田の生還に関連して、最後に一つの想像を付け加えておきたい。それはほかでもない、下山を続ける江田が思い浮かべた「岩瀬の姉の顔」の意味すること、についてである。この個所に限っては、「彼は瞬間、不安な気持ちになったが」とあるから、槇田の死が彼女にどう受け取られるかが前面に出てきているとも見られるが、実は岩瀬の姉の真佐子のイメージは、しばしば江田の脳裏をかすめている。そしてそこには男と女の匂いが濃厚に漂ってもいた。

そもそも、真佐子は独身なのかどうか。杓子定規に取れば、弟と同姓なのだからまだ独身とみるのが自然だろう。しかし、他方では年齢は三十二、三くらいか、ともある。当時としては当然結婚していなくてはならない年齢で、しかもこれは小説のなかのことであるのだから、不自然な設定には当然それなりの理由がともなわなくてはならない。しかし、見渡す限り、そうした理由は書き込まれてはいないようだ。とすれば、ごく普通に人妻であるはずのところを、不用意に「岩瀬」としてしまった可能性も捨てきれない。

「想像」というのは、もう一つの「人妻」の〈よろめき〉劇がこのラストシーンの彼方には遠望されていたのではないか、ということだ。妻を奪った男の姉を奪う、そうしたどろどろの底なしの復讐劇が、初出から初刊への改稿の副産物としておぼろげな姿を現そうとしているのではないだろうか。

Ⅳ　松本清張と水上勉

10章　松本清張と水上勉
——水上勉における日本型小説への回帰——

1

水上勉の文学が、特にその出発期において、松本清張の文学から多くを学んでいたことはよく知られている。私小説『フライパンの歌』（昭23）によって一時脚光を浴びたものの、その後は鳴かず飛ばずで、十年ほどのブランクののちに巡り合ったのが、『点と線』（昭33）に代表される清張ミステリーだったというのである。

そのあたりのことについて、水上勉自身はこんなふうに回想している。

…松本清張氏の『点と線』を買って読んだ。殺人事件を取りあつかった小説だが、毛嫌いしていた本格派のトリック小説に比して、現実性があり、人間描写もすぐれているので驚嘆して、（中略）単なる殺人も、その背後に社会性と人道主義的な動機をひそませれば、充分読みごたえのあ

る推理小説となり、ちゃんとした「小説」になり得ると思った。（「あとがき」『水上勉全集　22』昭52）

別の回想には、「わかりのいい文章、主題を明確に提示する、あの簡潔で個性的な叙事文の美事さに感服した」（「わが小説一三五『霧と影』」『朝日新聞』昭37・5・10）ともあるが、文章の面はさておき、少なくとも、ここで言われているいわゆる社会派ミステリーの特質とされる諸要素が、水上勉の『霧と影』（昭34）以降の作品群にかなりの程度移植されていることは衆目の一致するところだろう。すなわち社会的弱者や不正義のクローズアップ、社会悪の摘出、犯罪動機の斟酌などに見られる人間味あふれるアプローチ、そして高度成長下の交通網の発達とも連動した舞台空間の全国規模への広がりなどに代表される、社会や時代の反映、等々。

確かに、「社会派」という範囲に限定して考えれば、両者の継承関係にまぎれはないが、そもそも清張文学の革新的意義は、「社会派」などといった一ジャンルとしてのミステリーの枠内にとどまるものなどではなかったことのほうにこそ目を向けなくてはならないのではないか。本書所収のいくつかの論においても述べたように、むしろ日本型私小説への批判と克服にこそ、その最大の存在理由が求められなくてはならないのだ。

そう考えようとする時、日本的な私小説・心境小説の牙城に一人立ち向かった〈方法者〉清張が依拠したものの一つが、いくつかの章においても触れた木村毅の古典的名著『小説研究十六講』（大

14）であったという事実は顧みるに値しよう。もっとも、清張が接したのは古典化した『小説研究十六講』などではなかった。すでに刊行時に同時代的に触れていたのだ。そのあたりのことについて、新装版刊行（昭55）に際して付された「葉脈探求の人―木村毅氏と私―」という文章のなかで、清張はこう言っている。

小説を解剖し、整理し、理論づけ、多くの作品を博く引いて立証し、創作の方法や文章論を尽したこの本に、私は眼を洗われた心地となり、それからは、小説の読み方が一変した。いうなれば分析的になった。

そして、これに続けて「高遠な概念的文学理論も欠かせないが、必要なのは小説作法の技術的展開である。本書にはこれが十分に盛られていた」と言う時、清張の意識はすでに読み手から書き手へといつのまにか変貌している。一種の小説作法マニュアルとして同書がのちの清張文学の特質形成に大きく関わったことが、ここに示唆されているのだ。

ところで、いったい全十六講からなるこの書物のどの部分が清張の関心を引きつけたのだろうか。清張自身が挙げているのは、以下の四章だ。――第七講「プロットの研究」、第九講「背景の進化とその哲学的意義」、第十講「視点及び基調の解剖」、第十一講「力点の芸術的職能」。「背景」は時代性に関係するとして、それ以外の三章がいずれも小説の根幹ともいうべき構成・構造に深く関わるものであったことは注目に値する。つまり、志向されているのは構造的な本格小説であり、だとすれば克服すべき仮想敵は日本型私小説であったということが、こんなところからも容易に見て取れるのである。

じっさい、初期清張ミステリーの構造を仔細に検討すると、時間構成や伏線、話の運び方、クライマックスのおき方など、上記三章を中心として『小説研究十六講』からの影響が直接・間接にうかがえるのだが、構成力の獲得によって体験や事実依存の体質を克服すること以上に重要なのが、日本型私小説・心境小説に固有の一元的性格の打破であることは言うまでもない。そしてそれに関わるものの一つが、視点をめぐる技法なのである。

一例として、『点と線』と同時期に発表された秀作「地方紙を買う女」（昭32）の場合を見てみよう。ここでは、自分にまつわりつく男をもう一人の女と偽装心中させることで殺した女と、その謎を解明するために女に近づいていく売れない男性作家との二つの視点から、事件の全貌が徐々に明らかにされていっている。どちらかの側から一元的に描くことも可能であるにも拘わらず、あえてそうしているわけで、こうした特徴は同時期の「声」（昭31）、「顔」（同前）などの作品にも共通して見られる。そしてこのようなこだわりは、日本型小説を仮想敵として意識していたこの時期に、特に強く現れているように見える。

2

松本清張の文学をことのほか意識して書かれた『霧と影』においては、確かに、辺境や社会的弱者への注目、のっぴきならない動機へのシンパシイなどは認められるが、この時期の清張文学のもう一つの課題であった一元性の克服のほうは、果たしてどうであったか。

この作品の主要な視点人物は、毎朝新聞記者の小宮である。福井県の青峨村で小学校教師をしていた友人の笠井が転落死をとげたことから事態の真相究明に乗り出し、村の出身者で桑子（間引きされた子の生き残り）である宇田が石田の経営するカミング洋行の商品を大量に詐取した事件（トラック部隊事件）を手始めに犯罪を重ねていった過程を追跡し、暴くのが、小宮の役割なのだが、その機能はむしろ平均的読者を代表した狂言回し的な位置にとどまっており、小説全体が小宮のもとに一元化された形跡はない。

一元化ということについて考える際、視点と並んでもう一つの目印となるのが、作中人物がどの程度濃厚な作者の分身であるのか、という、その度合いであろう。『霧と影』の場合、分身と言っていい人物は三人いる。笠井、石田、そして宇田であり、要するに作者は主要人物すべてにみずからを仮託しているのだ。ただ、その濃淡には当然、かなりの差がある。たとえば、トラック部隊事件の被害者で、粘り強く宇田の足跡を追う石田だが、作者との共通点は繊維業界関係者という点にあり、繊維業界紙誌の編集や紳士服の行商に携わっていた頃の見聞やノウハウがフルに生かされている。

宇田の出身地である猿谷郷の郷土誌研究にのめり込んでいた笠井の場合は、戦時中に疎開して小学校の教師を務めていたというあたりに作者との共通性がある。水上勉の場合も昭和十九年に帰郷して分教場の助教を一時務めていたが、敗戦直後に退職・上京した点が笠井とは異なっている。要するに、石田と笠井の場合は、分身とはいっても作者の体験や見聞をわずかに付与されていたに過ぎず、きわめて淡いそれなのである。

これに対して宇田の場合はまったく異なっている。たとえば宇田の出身地が若狭の青葉山中の猿谷郷と設定されているのは、そのすぐ近くの作者の在所を容易に連想させるし、「故郷を九つのときに捨てて、諸所を転々として歩いた私のようなものの望郷のネガティブは一幅の青葉山だったといってもまちがいはないようだ」（『くも恋いの記』昭42）との作者自身の言葉もある。また、宇田の出郷時期もいくつかのヒントをもとに逆算すると昭和四、五年頃となり、水上勉が京都の寺での徒弟修行のために家を出た時期にほぼ重なってくる。そして何よりも両者の濃密な血縁関係を証し立てているのは、水上勉自身、みずからも桑子だったのではないか、との疑いをある時期まで振り切ることができなかったという事実であり（『わが六道の闇夜』昭48）、その事実と心ならずも出家を強いられたこととに起因する、故郷への愛憎半ばした思いの存在であろう。宇田が村の祠の額に残した「男子志を立てて猿谷郷を憎み出づ、功若し成らずんば死すとも帰らず」という対故郷意識は、作者その人のものでもあったにちがいない。

こうして見ると『霧と影』という小説は、体裁の上では小宮という第三者の眼による客観化の工程を経ているようでありながらも、その実、宇田という濃厚な分身への求心化＝一元化の可能性を内部に抱え込んだ作品であったことがわかる。辛うじて求心化を免れて土俵際で踏ん張っていたようなものであり、だとしたら水上文学はその再出発において、一元化への傾斜の可能性を多分にはらんだ、何ともあやうげなスタートを切ったことになる。この、客観化の体裁と分身の投入と、という、いわば背中合わせで逆向きの二つのベクトルによって引き裂かれでもするような独特な構造は、これに続く時期に書かれた『雁の寺』（昭36〜37）や『五番町夕霧楼』（昭38）などの作品においても、基本的には変わっていないとみていい。

周知のごとく、『雁の寺』は、幼くして寺に修行に出された作者自身の体験を下敷きとしながらも、和尚殺しの設定などに客観性をうかがわせるものの、作者の自注によれば、慈念という分身の投入は相当意識的に企まれたものであり（拙稿「『雁の寺』の構図」『東海学園国語国文』昭57・10参照）、主観と客観という二つのベクトルのアンビバレンツな関係に作者は十分に自覚的だったようだ。そしてこの作品の第一部で客観化の眼の役割を担うのが、和尚と同棲し始めたばかりの大黒の里子であったのである。その里子の眼と思いとを通して、慈念の母恋いの念は浮き彫りにされてゆくことになる。続く第二部以降では、慈念の、和尚殺しの罪からの逃亡と母恋いの思いに駆られた母探しの旅とが平行して辿られる。そしてそこでは、客観化する外からの眼と並んで、慈念自身の視点も取り入れられるようになっていく。分身である慈念はみずから思い、考え、悩む存在へと成長・変貌をとげていくのだ。一元化への兆しがこうしておもむろに顕在化してくるのである。

別稿でも触れたように（「『五番町夕霧楼』の復権」同前、昭56・11）、『五番町夕霧楼』では妓楼に身売りされてゆく僻村出身の少女夕子を、つまり作者にとっては異性を、みずからの分身に仕立てあげるというユニークな試みがなされている。しかし、ここでの主たる視点人物は妓楼の女将のかつ枝であり、『雁の寺』の第二部以降のようには、夕子はみずから思い、思考する存在にはなっていない。わずかに会話部分で分身として作者の思いを代弁するに過ぎないのだ。その意味で、かなりの部分で分身的存在に視点を移行させ、一元化が質・量ともに本格化してくるのは、『越前竹人形』（昭38）以降においてである、と言っていいかもしれない。

積年の父との確執の清算から和解へ、のメッセージが込められたこの作品において分身性を担うのは、むろん氏家喜左衛門の息子の喜助だが（拙稿「『越前竹人形』論」『日本近代文学』昭59・10参照）、ここでは「父の妓」にまつわるエピソードや囲炉裏端での父の竹細工姿の思い出やらの自伝的事実の取り込みよりも、濃厚な分身である喜助に寄り添うようにして語られる部分が格段に増えてきているという事実のほうが、はるかに重要だろう。もちろん、ここにはのちに喜助の妻として招かれた、もともとは父の愛した妓である玉枝に即した表現や、さらにはそれ以外の人物からの表現も無くはないし、その意味では多元的な視点が採用されているとも言えるのだが、にもかかわらず、喜助に即した表現の優位は、断然、他を圧して揺るぎがないのである。

3

ここにおいて、第三者的視点の採用による客観小説的体裁と分身性の付与による一元化の兆しとのあいだで引き裂かれつつも、微妙なバランスを保ってきた再出発後の水上文学の世界は、根底的な再編成を余儀なくされることになる。この頃までの水上勉が主な活動の場としてきたミステリーや女性向けロマンは本来、客観小説の範疇に入るべきものであったにもかかわらず、分身性の挿入によって独特なかたちにねじ曲げられたところに、水上ミステリーやロマンの特徴があった。それがここにおいて、見てきたように、当初から潜在的に持っていた一元化傾向が浮上してくることによって、ミステリーやロマンの客観小説的枠組みそのものが内部から崩落し始め、形骸化してゆくこととなったのである。

そうだとすれば、もはや、ミステリーやロマンのかたちを借りての私小説、とでもいったような、まだるっこしい迂路が早晩放棄されることになるのは必然だった。その意味で、『越前竹人形』に続く時期にあたる、水上勉にとっての昭和四十年代とは、ミステリーやロマンから本格的心境・私小説への移行期として位置づけられなくてはならない。そしてその転換の完了地点に位置するのが、『冥府の月』（昭48）、『寺泊』（昭52）、『壷坂幻想』（昭52）、『わが風車』（昭53）、『山門至福』（昭54）、『虎丘雲巖寺』（同前）、『鳩よ』（昭54）、といった、旺盛な創作活動によって量産された正統的な日本型小説の秀作群だったのである。

これらのなかでは節目をなす短編集『寺泊』が第四回川端康成賞を受賞（昭52・6）したという事実が象徴的に物語るように、ここに日本型小説の正統的な継承者としての作家水上勉像が確立され、のちの『母一夜』（昭56）、『昨日の雪』（昭57）、『瀋陽の月』（昭61）などへと続く路線が敷かれることになるわけだが、こうした、一人称体による自伝的ないしは身辺雑記的な小説の方法へと収斂してゆく過程において、水上勉はもう一つの「迂路」を通過して行っている。それが、一連の評伝的作品だったのである。

『一休』（昭50）における作家の私的モチーフの跳梁の実態については、すでに述べたことがある（「『一休』における水上勉の〈私〉」『国文学　解釈と鑑賞』平2・12）。一休による教団仏教への批判と性の問題の真摯な追求とが表向きのテーマであったとすれば、妻や子を見捨てて顧みない父なるもの、男性なるものの身勝手さへの呪詛が、内なるモチーフだったのである。その内的モチーフにおいて作家の〈私〉は放恣に奔出し、父と自己、みずからの女性遍歴、といった自伝的テーマがそこに重ね合わされてゆく。そして最後は仮構資料を自在にあやつることによって、呪詛の対象の一人でもある一休を浄化・救済し、ひいては、みずからの浄化をも果たすという仕掛けになっているのである。

一種の自己正当化に終始した『一休』に対して、『良寛』（昭59・4）の場合は、自己と良寛とを重ね合わそうとする点は同じだが、一先達としての良寛の生の軌跡をどう評価するか、という切実な問いに貫かれているところが特徴的である。そして、なかでも水上勉が注目するのが、良寛における諸国放浪の果ての帰郷とその生涯の閉じ方をめぐって、であった。ただ、この点をめぐっては、小説体で書かれた前作「蓑笠の人」（昭50・7）と評伝体の『良寛』とでは、評価が微妙に食い違っている（拙稿「水上勉と良寛」『国文学　解釈と鑑賞』平5・10参照）。「蓑笠の人」では良寛の「なまけもの」ぶりが厳しく糾弾されていたのに対して、『良寛』ではそれが不問に付されることになるのである。いずれにしても、こうした評価の逆転が、両作品間に横たわるほぼ十年のあいだに起こった、作家としての認識の変化に起因するであろうことだけはとりあえず予測できる。

こうした評伝的方法の極北に位置するのが『金閣炎上』（昭54）であることは、衆目の一致するところだろう。前出の二作と比べて、似通った境遇であることもあって、作者の分身であり作中でレポーター役を務める「私」と主人公＝金閣放火僧林養賢との距離はほとんど重ならんばかりに縮まってきており、結果としてこの作品は、林養賢伝のかたちを借りた「私」の変貌と再生のドラマ（拙稿「おれがあいつで…　水上勉『金閣炎上』における構成意識」『文学』昭63・8参照）の趣をさえ呈している。養賢の何歩か先を歩く破戒僧たる「私」が、鎮魂の目的を持って金閣炎上事件を粘り強く調査していったあげくに、ほんものの仏教者へと変貌するというドラマの。……

確かに、評伝というものは、書き手と対象とが臍帯によってつながれ、その意味では多少とも重ね合わされるのは必然だが、それにも程度というものがある。『金閣炎上』を頂点とする水上勉の一連の評伝においては、書き手の〈私〉が対象を、さらには私小説的枠組みが評伝的枠組みを、ほとんど呑み込まんばかりに肥大化してしまっている。『金閣炎上』をもう一押しして主客を逆転させてやれば、ただちに、一人称体による自伝的な日本型小説が姿を現すであろうことからも、そのことは容易に裏付けられるはずだ。だとしたら、一連の評伝的試みも結局は日本型小説完成のための土壌ならしに過ぎなかったわけであり、ミステリーやロマンと同じく、しょせんは日本型小説に至るための「迂路」にほかならなかったのである。

4

松本清張から水上勉への継承と断絶、ということを考えた時、「社会派」などという呑気なレッテルで括れるほどに両者は接近などはしていなかった。むしろ、うわべの「社会派」的類似性とは裏腹に、その目指していた方向は逆向きであったと考えたほうがいいくらいだ。「社会化された私」（小林秀雄）などという大げさな概念を持ち出すまでもなく、やはり言葉の本来の意味においての社会性は、素材や題材のレベルではなく、日本型小説に固有の一元的性格の克服の方向にこそ、探られなくてはならなかったのではないか。その意味では、日本型小説を仮想敵とした清張ミステリーが切り拓き、垣間見せてくれた豊かな可能性は、皮肉にも、もっとも身近な後続者によって再び封印される結果になったのである。

このような日本型小説の書き手の社会におけるあり方を「逃亡奴隷」と呼んだのが伊藤整であることはよく知られているが、先に触れた、良寛の帰郷をめぐっての水上勉の二つの時期の評価の食い違いは、このことについて考える上で示唆的だ（前出「水上勉と良寛」参照）。すなわち「蓑笠の人」においては確乎としてあった、みずからは田も作らないくせに飢饉で喘ぐ農民たちから貴重な米を「どういう顔で頂戴して」いたのか、といったような厳しい問いが、十年後の『良寛』においては影を潜め、むしろ良寛が文芸の道に精進したことと引き換えに不問に付そうとするような傾向が見られるのだ。すなわち現実社会に背を向けた「逃亡奴隷」的あり方が肯定されるに至っているのである。

こうした良寛評価における変節と符節を合わせるかのように、一時は故郷への定住を模索しているかに見えた水上勉が再び故郷をあとにすることになったのは、*文芸に憂き身をやつす良寛と日々の生活に喘ぐ農民たちとのあいだに横たわる溝が、越えがたいものとして、水上勉自身の眼にも映るようになったからにちがいない。かくして日本型小説の奥義をきわめる孤高の道へと、作家はためらうことなく敢然と踏み込んでいったのだった。

＊昭和五十五年の母の死、昭和六十年の若州一滴文庫の開設、そしてその後の数年間の計十年近くが、水上における帰郷模索期。平成元年の大病を経て平成四年には居を小諸郊外に移し、平成十六年に没するまでそこを拠点とした。

清張一口メモ：「二階」・「張込み」

「二階」や「張込み」のすごいところは、ごく平凡な、どこにでもいるような人物たちを見事に描き出した点にある。ふつう「ミステリー」というと、トリック等に走る余り、なかなか現実感のある人物を描くところまでは辿り着けない。これに対してトリックは登場しない代わりに緊迫感をたっぷりと漂わせた「サスペンス」の場合は、当然〈人間〉を描かざるをえないが、その場合でも、たいていは恐怖におののく心理とかに偏った「人間」描写であることが多い。

「二階」や「張込み」は「サスペンス」の部類に入るが、にもかかわらず、ここには特殊な人間や心理は登場しない。あくまでも、平凡な人間の平凡な気持ちや言動が、しかし非凡なタッチで活写されている。では清張はいかにしてそうした「どこにでもいるような人物たち」を描き得たのだろうか。――その秘訣は、作中人物に分け与えた同時代性と、そして普遍性とにあったと思われる。

「二階」の結核への恐怖や未亡人の不如意な暮らしぶり、「張込み」での後妻の立場などは、その後克服されていくあの時代ならではの負の要素であり、これに対して両作品に共通する初恋の甘美さは、普遍性の例だ。読者は同時代性と普遍性の両面から彼らにみずからの分身を見出し、作品世界に引き込まれていく。こうした仕組みこそが、あの圧倒的な清張ブームをもたらした正体だったのである。

11章　水上勉の社会派ミステリー

――『飢餓海峡』の達成――

1

水上勉が「『社会派』推理小説のチャンピオンとして活躍したのは、せいぜい五年ほどではなかったろうか」と述べたのは篠田一士だが（集英社文庫版『野の墓標』解説、昭53）、この指摘に従うとすれば、『霧と影』（昭34）に始まる水上勉の社会派ミステリー作家としての活動は昭和四十年には終息していたことになる。そのため、今、水上勉を社会派だとか、ましてやその一団中の「チャンピオン」であったなどと言われても、なかなか実感がわかない、というのが偽らざるところだろう。

事実、その後の水上勉は本格的心境・私小説作家へとドラスティックな変貌をとげ、川端康成賞を受賞した『寺泊』（昭52）を始めとして数え切れないほどの名短編集をものしているし、そのいっぽうでは、『一休』（昭50）、『良寛』（昭59）といった評伝的作品や、自伝的エッセイに紀行、さらには戯曲へと活動範囲を拡げていった。しかもそこには社会派時代の面影はほとんど見られないから、水上勉の社会派時代をうかがうには旧作そのものを繙くしかない（それも次第に入手困難になっている）といった状態だ。しかし、今後も「小説」というものが読み継がれていくと仮定して、水上勉の小説で残るものは何か、と考えた時、それが社会派時代の小説である可能性は大いにある。それほど、水上文学におけるこの時期の意義は大きなものだったのかもしれないのである。

2

水上勉のミステリーが松本清張のそれから多くを学ぶことで出発したことはよく知られている。前章でも触れたように、私小説『フライパンの歌』（昭23）発表後、十年ほどのブランクののちに巡り合った清張の『点と線』（昭33）が水上の再出発を強力に後押ししたのである。

水上勉自身はその頃のことについて、こんなふうに回想している。

ちょうど、この年は、松本清張さんの『点と線』が世評をあびていた。足利の駅だったか、売店で買い求めて洋服を網棚にあげ、むさぼるように読んだが、じつに面白い。荒唐無稽の探偵小説など、足もとに及ばない迫力である。謎解きのヒントも卓抜だし、殺人の動機も、人間がしたことらしい現実感があり、探偵小説も書き方によっては、作者の恨みつらみをつめこむことが出来る気がした。（「冬日の道」昭44）

ここで言われているいわゆる社会派ミステリーの特質とされる諸要素が、水上勉の『霧と影』以降の作品群にも見られることは衆目の一致するところだろう。すなわち社会的弱者や不正義のクローズアップ、社会悪の摘出、犯罪動機の斟酌などに見られる人間味あふれるアプローチ、そして高度成長下の交通網の発達とも連動した舞台空間の全国規模への拡がりなどに代表される、社会や時代の反映、等々。もっとも、典型的な私小説であった『フライパンの歌』時代を知る評論家たちは一様に水上のこのイメージ・チェンジに驚きを隠さなかったが、当時はこの疑問はそれ以上に追究されることはなく、推理小説ブームにも乗った『霧と影』の成功に後押しされて次々と同種の作を手がけ、水上勉は社会派作家としての地位を不動のものとしていく。

ところで、社会派というと判でおしたように、トリックや謎解きを重視する本格派との対比ばかりに目が行きがちだが、元祖である清張の場合、いくつかの章においても見たように、もう一つの対比として、純文学と呼ばれ文壇小説の主流であった私小説を仮想敵としてその文学観なり小説像が構築されていたことを見逃してはならない。清張自身の言葉を借りれば、「私小説的な構成の型」対「物語的な構成の型」（「推理小説の読者」・「小説に『中間』はない」、初出はいずれも昭33、『松本清張全集34』昭49）ということになるが、要するに、日本型私小説固有の一元的性格に対して客観的・構造的な本格小説を対置させたところにこそ、清張ミステリーの革新的意義は見出されなくてはならないのだ。その意味からもここでは、本格派対社会派、一元型対多元型、という二つの対比に的を絞って、清張と水上の継承関係の内実を検証してみることにしよう。

心理・日常・平凡を重視し、「探偵小説を『お化屋敷』の掛小屋からリアリズムの外に出したかったのである」（「日本の推理小説」『松本清張全集34』）とは清張の有名なマニフェストだが、こうした方向での両者の継承関係はまぎれもない。たとえば『眼の壁』（昭33）の「あとがき」で清張は、

私は、推理小説は、たんに謎ときや意外性だけでなく、動機をもっと重要な要素にしなければいけないと思っている。そうでなければ、推理小説はいつまでも古い型のタンテイ小説から脱けきれず、遊戯物におわってしまう。推理小説という形からでも人生は描けるように考える。動機の主張が人間描写に通じるであろう。

なるほど今までの「本格派」探偵小説には動機があった。が、それは巻末近くに申しわけみたいにちょっぴり顔を出すだけでお茶をにごされていた。遊戯としか感じられない所以である。どうせ探偵小説はツクリ物だと、それで満足している人は別である。

その動機も、個人的な利益関係（恋愛とか、財産争いとか）よりも、もっと社会的な面に発展させたら、さらに小説のシンは強まり、ひろがりをもつだろう。

と言っている。注目したいのは、「社会的な面に発展させた」動機、というような言い方だが、社会性の加わった犯罪動機、というような言い方はこの前後からの清張エッセイに頻出する。もちろん、その実践にも事欠かないのは言うまでもないが、いっぽう水上は、「社会的背景」（「わが創作の態度」

『日本推理小説大系15』月報、昭36）というような言い方をする。

私は不勉強を棚にあげるわけではないが、あまり、殺人方法や、時間のトリックなどに気を配らないのだ。どうせ人間が人間を殺すのだからして、やるとすればタカがしれている。そんなに巧緻な完全犯罪などあり得ないとはじめから割り切ることにしているのである。むしろ、殺人動機や、社会的背景に筆を費して、本当にあったことにみせかける組み立てに努力しているようである。（中略）

私の推理小説は落第生のかく推理小説かもしれないが、しかし、これまで、誰もが書かなかったところの人間の真実というものを、あるいは社会的背景を克明に描くことによってか、あるいは犯行の残虐さによってかして、読者に強く訴えてみたいと意図するところにあるだろう。（「わが創作の態度」）

水上はさらに、マニフェストとも言うべき「私の立場」（『文学』昭36・4）でも、単なる社会性ではなく、やはり背景とか環境とかいった言葉をそれにくっつけている。

社会的な環境が犯罪の大きな動機となっていることは認めざるを得ない。一個の殺人事件の背景に見えぬ糸がつながっている。

あるいは、

殺人が起きる。動機は、好みからいって社会性のあるものがいい。しかし、いくら社会性があるからといって、人間がする犯罪だから、人間の背景となる社会のつなぎ目が説明されねばならない。そこで、そこのところをくどくどと書く。

もちろん、言い回しだけを比較しても無意味だが、そこに、それぞれの小説の実際を想起し、重ねてみると、これが単なる言葉遣いの差には終わっていないことが納得される。清張のほうが「省筆」や「行間」を重んじる文章家であったということとも無関係ではないが、ひとくちに社会性と言っても、水上のほうが背景とか環境とかにより多く目配りして、確かに「くどくどと書」いてあるのだ。たとえば、閉山目前の炭坑町での出戻り女性をめぐる男女関係が引き起こす殺人事件を描いた『死の流域』（昭37）において、背景としての石炭産業の斜陽ぶりや炭坑事故、労使の対立等がいかに「くどくどと書」いてあることか。清張が「青写真をひき」、水上が「実際の建築作業を行なった」（篠田一士「水上勉氏の文学」『東京新聞』昭37・7・27）とまで言うのは極論だが、清張ミステリーの社会派的性格は確かに水上によって継承・発展させられている。

社会派としての発展ということでもう一つ忘れてならないのは、水上がそこにためらうことなく〈自分〉を溶け込ませていったことである。前掲の「冬日の道」にも「探偵小説も書き方によっては、作者の恨みつらみをつめこむことが出来る気がした」（傍点藤井）とあったが、『霧と影』や『海の牙』（昭35）といったいわゆる社会派ミステリーを書いていた頃は、書き終わると必ずある種の「空しさ」につきまとわれたと水上は言う。そして水上はその理由を、「真に当事者の身になって」書いてないこと、自分が「傍観者」に過ぎなかったこと、に求める（「わが小説一三五『霧と影』」『朝日新聞』昭37・5・10）。そうした反省の上に書かれたのが分身や私体験を大胆に投入した『雁の寺』（第一部＝昭36）であったわけだが、この『雁の寺』の達成の延長線上で、社会的背景や環境に周到に目配りしつつ、それと〈わたくし〉性との両立という困難な課題を見事にクリアしたのが、社会派ミステリーの最高傑作と言ってもいい『飢餓海峡』（昭38）にほかならなかったのである。

3

『飢餓海峡』という小説の特色は、いくつもの顔を持ったスケールの大きな社会小説、という点にあるが、全二五章中、冒頭から第五、六章まででは、ミステリー性が前面に推し出される。青函連絡船の遭難、同じ頃近くの岩幌で質屋に放火強盗が押し入り、犯人の三人組が逃走する。なぜか遭難死体が乗船者数より二体多かったことから、仲間割れして大男の犯人（犬飼多吉）だけが下北半島にたどりつき、大湊の娼家で女（杉戸八重）と接点を持ったのではないかと、函館署の弓坂は推理したが、裏付けの取れないままに八重は犬飼からもらった大金を持って、姿をくらます。

ここまでがミステリー小説的な部分だとすると、これにつづく第六、七章から第十一章くらいまでは、出郷した女性の半生記もの、とでもいった趣だ。弓坂の追及を恐れながら、新宿、池袋、そして亀戸と、盛り場を渡り歩く八重の苦難がたどられる。そうこうするうちに遭難事故から十年、亀戸にやってきてからでも、七年の歳月が流れる。

いまは更生して舞鶴で実業家として名が知られるようになった犬飼多吉こと樽見京一郎の記事をふとしたことから目にした八重が、なつかしさと感謝の念にかられて樽見を訪ね、過去が暴かれるのではないかと早合点した樽見に殺害されてしまう第十四章前後からは、小説は一転して、私小説的要素を帯びた出郷小説の趣きを呈し始める。今度は味村ら舞鶴署の刑事たちが、樽見の過去を遡り、弓坂とも連携して、「犬飼」と樽見が同一人物であることを証明しようとするが、その捜査の過程で、舞鶴署の刑事の唐木らが樽見のふるさとへと向かうのである。京都府北桑田郡奥神林村、それが樽見の本籍地だった。

「北桑田郡は京都府でも最も北端にある郡部である。いわゆる丹波山地といわれるいくつもの山塊の奥地に位置していた」。舞鶴からバスで山奥の山家というところへ。そこで一時間ほど「鶴ヶ岡ゆき」のバスを待って、二時間ほどバスに乗り、その次は鶴ヶ岡の駐在所で自転車を用意してもらって、さらにそこから五、六里先の熊袋という集落へ。

「ずいぶん高いとこにある村だね」

唐木はあきれたように村の家々のある高い山の中腹を眺めた。屛風のようにせり上がった山は、削ぎおとしたような原始林の肌をみせて谷へ落ちこんでいた。その中腹に、点々と家がみえる。耕地もわずかにみえるが、深い山全体にくらべると、それはまだらなはげのようにみえないこともないのであった。家は藁ぶきの粗末なものが多い。いま、十二、三戸の家々が、傾斜面にへばりついたように建っているのをみると、唐木はびっくりした。

その熊袋の集落にたどりついてみると、五年前に母も亡くなった樽見の家はいまは本家の小舎として使われているという。本家の、樽見とは従兄弟の関係にあたる当主から過去の母子の苦労を聞かされた後、刑事らは本家の裏手をたどって母子が住んでいたという小さな家にたどりつく。

と、せり上がる灌木のしげった山裾に出て、そこに、屋根のくずれた薪小舎のような建物があった。

「ここだな」

唐木は声をあげた。よくみると薪小舎ではなく、軒ひさしや、長押の横木がくさったまま煤けており、骨だけをのこして、雨露にさらされていた。半分ばかりのこった藁屋根は、青みどりのぺんぺん草が生え、かえって地面の方が、人足で踏みこまれた固い庭土の面影を残していた。（中略）唐木は敷居をまたいだ。破れ障子や戸板の類が、はずされて立てかけてあるけれど、それらの一切は虫が喰っていて、焚物にもならないほど湿っているのであった。

「ひどい家に住んでいたものですね」

倉橋が眉をしかめて眺めいっているのに、唐木はいった。

「これが、京一郎の育った家だよ。京一郎はここから、大汲の学校へ通ったんだ」

じっさい、廃家の中に立ってみると、一日も、こんなところで、住む気持はしない。一軒家の淋しさというよりも、幽閉された牢小屋のような気がするのだ。

〈きっと京一郎は、こんな家に住まねばならない境遇を憎んだにちがいない。一日も早く、村を出て、他郷で生きようと思ったのも理解できるのだ……〉と唐木刑事は感慨にふけるが、『霧と影』の宇田甚平のことかと見まごうばかりの、ふるさとの苛酷な風景と暮らしが、ここにはある。

この惨憺たるふるさとの村を、樽見は小学校を卒業するとすぐに出ている。樽見の生年は大正七年だから、昭和六、七年くらいということになる。本家の当主から話を聞きながら唐木はすばやく頭を働かせた。


京一郎が七つか八つの時、父親は死んだにちがいない。母親のたねが後家をとおして、京一郎を育てたのだろう。分家であるから、充分に田畑もあるはずがない。貧しかったことは一目瞭然である。京一郎は母の苦労をみかねて、六年生を卒えてすぐ大阪へ出たのだ。酒問屋の丁稚をしたが、これも嫌って、やがて、北海道へいったという。（中略）

いま唐木は頭の中で、樽見京一郎の年齢を三等分して繰ってみた。六年生を卒業するのは十三歳か十四歳だ。それから大阪へ出た。三、四年丁稚生活をおくったとすれば、十七、八になっている勘定である。その年で北海道へ行ったとしたら、……今日、京一郎は三十九歳であるから、十年前（昭和二十二年の青函連絡船遭難時—藤井）は二十九歳である。まるまる十年の空間がそこにあることになる。（単行本では四十八歳となっているが、新潮文庫版のほうに従う）

昭和六、七年の出郷、そして昭和九年か十年にはさらに大阪から北海道へと渡ったというのだ。ここでルール違反を承知で、結末で明らかにされる捜査結果に基づいて樽見のその後を紹介しておくと、樽見は昭和十年前後に、北海道の倶知安の開拓村に、森村という農場主（のちにその娘と結婚）を頼ってやってくる。その後森村一家は樽見を連れて岩幌（のちに樽見らが質屋強盗を犯した町）の近くの堀株という鉱山に移ったものの、やがて森村夫婦は相次いで死に、戦後鉱山が閉山になって全村が芋つくりに転換した際、樽見もそれにしたがって転業したが、当初は生活は苦しかったという。昭和二十一年七月に樽見が窃盗の罪を犯し執行猶予の判決を受けたのも、故郷の母に送金するためという動機だった。

そして執行猶予後の放浪期に岩幌での強盗の共犯となる二人と出会い、強盗、内地への逃亡、共犯二人の死、大湊での杉戸八重との出会い、さらに何年間かの潜伏期を経て、故郷近くの舞鶴で実業家としての人生の再スタート、という波瀾の半生をたどることになるのである。

見てきたように、刑事らが捜査をしている現在、すなわち杉戸八重が殺害された「今」は、昭和三十二年である。これは直接には昭和三十三年の売春防止法の実施を前にして杉戸八重が行動を起こしたことからこの時期に固定されることになったが、そのため現実には昭和二十九年に起こった青函連絡船の遭難が作中では昭和二十二年にずらされてしまっている（現実通りにして樽見が事件を起こしてから更生までに三年〈昭29→32〉ではあまりにも短か過ぎるため）。そしてここにさらに、雑誌連載は昭和三十七年中、単行本の刊行は翌三十八年という、読者の時間、というもう一つの要素がからんでくる。

もっともボクは年立てが整合性を欠くとか、混乱している、などと言いたいわけではない。そもそもフィクションなのだから、モデルとした事件があったとしても、その時代を移すこと自体には何の問題もない。ただ、読者がある種の違和感を覚えたり（遭難時期の変更に対して）、読み進めていく際に時に錯覚に陥りはしないか（昭和三十二年のことなのに、ついつい読者の現在＝昭和三十七、八年のこととして受け取ってしまう）、と言いたいのだ。つまりはそうした混乱を引き起こしやすい構造になっているのではないか、と。

もちろん、ありうべき読み方、すなわち小説のありとあらゆるところに目配りした読み方をする精読者であればそんな心配はないが、大部分の読者はもっと大ざっぱに読んでいくはずだし、それはそれで尊重すべき態度ではないだろうか。

要するに、多数派読者が依拠するのは何と言っても「現在」なのであり、だとすれば、やはり作中時点はごく自然に昭和三十八年と受け止めてしまうだろうし、いくら売春防止法実施時期のことが記憶にあったとしても、この際そんなことは思い出さない。あるいは思い出したとしても、気にしない。連絡船の遭難も同様だ。いつかと聞かれれば覚えているような出来事でも、読んでいく際には特に気にしない。もちろん、時期を動かしたことなどには気が付かない、かりに気が付いたとしてもそのことについて深くは考えない。これが読書の実際なのであり、多数派としてのそうした読み方を退けるのは、やはり精読者の思い上がりなのだ。

　こんなふうに考えてくると、実際は戦前のことである樽見の出郷に、現実の（昭和三十八年時点での）出郷を思わずダブらせて共感したり、涙を誘われたり、というような受け取り方も少なからず存在したのではないかと思えてくる。もちろん、さすがに、樽見の出郷までをも現在のことだと受け取る読者はいないだろう。そうではなくて、我が身の、あるいは身のまわりの出郷を樽見のそれに思わず重ね合わせてしまう、そうした読み方が広くおこなわれていたのではないか、と言いたいのである。そしてそうした現象はシンプルな構造の小説でも起こりうるが、『飢餓海峡』の場合、先に指摘した設定や作為が、錯覚や混乱を招きやすい構造になっていたとは言えるだろう。

　ここで、その現実の読者を取り巻く社会状況のほうに目を向けてみると、高度成長期下の昭和三十七、八年は出郷がピークを記録した時期だった。都会への就職列車が三万八千人もの若者を運んだのがこの年だったし、労働力不足の農村で「三ちゃん農業」という言葉が広まるのもやはりこの頃だ。「過疎」と「過密」という言葉が登場し、風吹きすさぶふるさとの酷薄さが流行歌のテーマとなるのも、もうすぐそこに迫っていた（拙著『望郷歌謡曲考』参照、平9）。

そんなふるさと像が『飢餓海峡』にも見られると言ったら、うがちすぎだろうか。確かに作家論的に考えれば、宇田甚平や樽見京一郎の場合に見られるような惨憺たるふるさとの光景を水上勉は一貫して書き続けてきたと言わなくてはならないだろう。しかし、これを読者のがわから見た時には事情はちがってくる。昭和三十年代の読者は、宇田や樽見のケースに、身のまわりの風吹きすさぶふるさと像や、都会対地方というテーマを重ね合わせて得心するのだ。その意味で、『飢餓海峡』に見られるふるさとの景観は、いかにもこの時代にふさわしいそれだったのである。

樽見のふるさとは吹きすさぶ風こそ描写されていないものの、それ以上に惨憺たる場所だった。唐木刑事は捜査会議で、みずから見てきたその風景とそこで生きざるをえない人々のことを、このように報告している。

父親が、山のてっぺんの畑で卒倒死したと同じように、母親も、またこの畑で倒れて、家にかつぎこまれています。まもなく死んでいます。はなしにきくと激しい労働に軀をすりへらしたあげくの衰弱死のように思えないでもないんです。とにかく、熊袋にある畑と田圃はおそろしいようなところにありまして、畑は段々になって、山へあがっていますが、田圃は山と山の合間の暗い沼地のようなところにありました。しかもそれが遠いのです。ふつうの畑作とちがって、山の畑は肥料をはこぶにも、二時間もかかって九十九折の石ころ道をとおって、てっぺんまで運ばねばなりませんし、田圃は汁田といって、苗を植えるにも、大人の乳のあたりまで泥にうまる。拝み植えといわれるような植え方で、苗をうえます。また、その泥田の水は冷たい。手の切れるような山水ですから、田につかっているうちに、軀を冷え切らせてしまうということでした。このような働き場所しかない貧しい村に育った京一郎は、おそらく、女手ひとつで自分を育ててくれた母親の苦労を、身に沁みる思いで感じとったことであろうことは察せられるのです。

この惨憺たる光景が、同時代の、風吹きすさぶふるさとの風景に通じるものであることは疑えない。都会と地方、過疎と過密、という昭和三十年代的風景がここには鮮やかに切り取られている。清張の言う「社会的動機」レベルをはるかに凌駕する「社会的」な「環境」やら「背景」やらが、ここにはみっちりと書き込まれていたのだ。小説全体をおおう時間と空間におけるスケールの大きさにも圧倒されるが、戦後の混乱や刑余者問題、故郷の変貌、開拓者の暮らしぶりや娼婦の実態などの環境・背景が、文字通り「くどくどと書」かれている。そしてそのなかでももっとも生彩を放っていたのが、見てきたような昭和三十年代的テーマとしての〈ふるさとの荒廃〉、〈都会と地方〉という構図だったのである。

辺境での惨憺たる暮らしからは脱出したものの、やがて心ならずも犯罪に手を染めることになる水上ミステリーの影の主人公たち。捜査の過程でそのふるさとを訪ねて愕然とする刑事たちの目を通して「社会的」矛盾や不公平が浮き彫りにされる（拙著『景観のふるさと史』参照、平15）、という構成の小説を水上はいかに多く書いていることか。いま思いつくままに挙げてみても『霧と影』、『海の牙』(昭35)、『黒壁』(昭36)、『野の墓標』(同前)など枚挙にいとまがない。清張型社会派からの発展の目玉となるのがこの都会対地方の構図であり、水上型社会派躍進の鍵が、高度成長期を背景とするこの昭和三十年代的構図の攻略にあったことはまちがいない。

そしてこうした水上型社会性と共存するかたちで、『飢餓海峡』には作者の〈わたくし〉が濃密に流れ込んでもいる。丹波山地の辺境出身で出郷後も辛苦をなめる樽見が水上の濃密な分身であることは見やすいところだが、僻村から上京して女として底辺の社会をのぞきみる八重にも作者の血は脈々と流れており、そうした〈わたくし〉性がこの小説のもう一つの真骨頂なのである。社会派として清張を継承しながら、環境と背景、とりわけ昭和三十年代的構図としての都会と地方という問題系への発展と、『フライパンの歌』の作者ならではの〈わたくし〉性の付与との二点において、水上勉の社会派ミステリーは一面で清張を超えたと言っても過言ではない。ばかりでなく、水上文学全体を見渡してみても、『飢餓海峡』に勝る傑作はないのではないか。

だが実際は『飢餓海峡』のような、社会性の拡がりと〈わたくし〉性との両立は稀な例であったと言ったほうがいいかもしれない。だからこそそれは「傑作」と呼ばれるにふさわしい、とも言えるのだけれども。

冒頭に引いた篠田の指摘を待つまでもなく、「傑作」の完成からほどなくして水上の社会派時代は終わりを迎える。社会性の点では清張ミステリーからの発展の可能性も垣間見せたものの、清張ミステリーのもう一つの特色であるアンチ私小説的な客観性・構造性の点で、水上ミステリーはその正統的な後継者たりえなかったからだ。前章で詳述したように、『雁の寺』、『五番町夕霧楼』、『越前竹人形』以降の〈わたくし〉性の過度の跳梁・侵食が、水上ミステリーから本格的な構造性を奪う結果になってしまったのである。

あとがき

ようやく脱稿にまでこぎつけることができた。最初に、ミネルヴァ書房の後藤郁夫さんから出版のお話をいただいてから、すでに二年近くもたってしまった。平成十七年度が研究休暇だったので、当初はその年度のうちに完成させる予定だった。事実、夏に既発表部分の改稿もかなり終え、書き下ろし部分の準備もすませたのだが、十月一ヶ月韓国に滞在することになっていたので、残りは向こうで、と相当量の資料を無理して携行したにもかかわらず、完成というか、着手すらできなかった。インターネットの発達のおかげで千葉ロッテのプレーオフや日本シリーズを向こうで観戦できたことなども、痛かった。

ともあれ、帰国してからは雑用に次ぐ雑用、雑文に次ぐ雑文で、じっくり取り組む時間がこの春休み（平19・3）までなかった。雑用も丁寧にこなさずにはいられない（！）性分が災いしたとも言える。それはともかくとして、自分としては実はこの本にかける思いには、相当のものがあった。まず何よりも担当編集者がボクの最初の本（『不如帰の時代』平2）を作ってくれた後藤さんであったこと、ついでは近代文学研究者としてのボクのなかでこれまでバラバラにやってきた従来のテーマが次第につながりを持つようになり、トランプで言えば神経衰弱ゲームの最終段階のような手応えを感じるようになってきたこと、さらには、清張研究の停滞などもボクを苛立たせ、（この本が）まだできないのかと焦らせる一因となった。

それらの思いの一つ一つに応えられるようなものに仕上がっているかどうかは読者の皆さんに判断していただくとして、ここでは「清張研究の停滞」について一言述べておきたい。かつて『清張ミステリーと昭和三十年代』のあとがきで、ボクはこのようなことを書いている。

ところで、これほど世代や時代を越えて楽しまれる「清張」なのに、それを論じた評論となるといっこうに面白くないのはなぜなのだろう。毎度判でおしたように「清張以前」と「清張以後」だとか、「社会派」などという決まり文句でお茶を濁すしか能がなかったのは、どうしてだろう。

見方によっては、これらの評論のおかげで読む前から「清張」がつまらなく思えてしまう、とも言えるほどだ。

心ある読者の方で、同じような思いを抱いておられる方は、少なくないのではないだろうか。実はこの文章のなかでは、その一因として、これまではぴったりの料理法が見つからなかったから、として話を進めているのだが、確かにそれも大きいのだけれども、もう一つ、「評論」とは何か、「研究」とは何か、という、ここでは触れなかった、より根本的な問題がその背後には横たわっているのである。

「評論」というと語弊があるから、ここからは読み物、あるいは読み物的な評論とでも呼ぶことにしようか。実はそれらと研究とでは、根本的に用途も性質もすべてちがうのである。たとえば、作家漱石の生涯というような読み物があるとする。あるいは「坊っちゃん」解説というような読み物を想定してもいい。そこには専門家が見れば独自な新しい見解などは、まず見られない。何も知らない入門者用の啓蒙的な読み物だからだ。したがってそこには、すでにいろんな人が発見したり指摘したりしたことが、特に注記もなしに、平気で出てくる。当然、どこかに書いてあるようなことの繰り返しばかりだ。もっとも、何も知らない入門者はもちろんそんなことはわからない。なるほどと思い、得心するのである。

これに対して、研究論文とか研究書とかいうものは、そういうわけにはいかない。すでに指摘されていることであれば注記が必要だし、注記のないものはその筆者のオリジナルの見解ということになる。そして次に似たようなテーマで書く人も、同様に、注記とオリジナルとを組み合わせて書く。したがって、ここには蓄積があり、前進がある。読み物が、繰り返しと停滞とでできていたのとは、正反対だ。とにかく性質も用途もちがうのである。すでに述べたように、読み物は何も知らない入門者用だし、研究は、それを卒業して、その文章を読むことで新しい知識を得ようとしている読者が対象だ。

もっとも、こう言ってきたからといって、何も読み物が不要だと言っているのではない。入門者には、やはりかなりの人が知っている当たり前のことでも、説いて知ってもらわなければならないし、要するに、研究とは、用途、対象とする読者、そして内容が、本質的にちがう、ということなのである。

ここまで説明してくれれば、ボクが前著のあとがきで述べていたのが、これまでの清張に関する評論は読み物が多くて困る、という意味であったのがおわかりいただけるだろう。何も知らない入門者のための読み物だから、「毎度判でおしたように『清張以前』と『清張以後』だとか、『社会派』などという決まり文句」でよかったわけで、そうでない読者に対しては、これでは困る。それに読み物では、毎度同じことばかりで、蓄積も前進もない。最初にそのことを指摘した人への敬意（プライオリティ）もない。

実は、『清張ミステリーと昭和三十年代』のあとがきであのように書いた時、ボクには、いよいよこれからは読み物ではなく研究の時代だ、というような期待や意気込みがあった。研究会ができ、研究誌もでき、というような客観的情勢も整いつつあったからである。しかし、あれから十年近くたつのに、状況は以前とあまり変わらない。研究会と研究誌が十分な働きができなかったからだ。相変わらず読み物は多く、研究は少ない。したがって新たに研究に参入しようとするような若い人もあまりいない。育てようとするような動きもさほどない。前のほうで、「清張研究の停滞などもボクを苛立たせ」と書いたのは、そのような現状を指している。前著でも、ボクは、僭越ながら自著がきっかけとなって、読み物から研究への動きが台頭してくることを期待した。そして同じような期待を、十年後にも抱かざるをえない現状を悲しむ。

それでも、今度こそ、という思いは、にもかかわらず強く、ある。懲りずに、出版するゆえんである。

ここで、中身についてひとこと。わかりやすいのが取り柄だと言われているので要約は必要ないだろうが、目次のタイトルからでもある程度内容がわかるように工夫した。振り返ってみると、本流や闘いの部はもちろん、それ以外でも、ノンフィクションの章とかメディアの章、水上勉の章とかでも、繰り返し、近代の文学の主流である純文学的なものに対する清張文学の闘いの相を確認してきたことが、わかる。「文学」を超えて、という副題はそうしたニュアンスを託したものにほかならない。最後に、本書収録の論文（大幅に改稿したものも混じっているが）の原題と初出を記しておく。

1章　ミステリーの自覚（清張記念館版『松本清張研究2』平13・3）
　メモ・文学への目覚め（清張記念館版『図録松本清張記念館』平10・8）
2章　本流としての清張文学（書き下ろし）
　メモ・巻頭句の女（ソニー・ミュージックダイレクト『松本清張名作選』解説）
3章　清張と本格派（『国語と国文学』平18・9）
　メモ・乱歩と清張（立教大学図書館『カレイ37』平14・7）
4章　『天城越え』は『伊豆の踊子』をどう超えたか（清張記念館版『松本清張研究・創刊準備号』平11・3）
5章　清張と純文学派（書き下ろし）
　メモ・或る「小倉日記」伝（『新潮CD』解説）

6章　清張ミステリーの迷宮に挑む（『小説トリッパー』平12・9）
　　メモ・社会派推理小説の受容（『週刊朝日百科　世界の文学99』平13・6）
7章　「氷雨」（清張記念館版『松本清張研究1』平12・3）
　　メモ・清張発掘2（『読売新聞』夕刊、平10・7・31）
8章の1　「ある小官僚の抹殺」論（『昭和文学研究44』平14・3）
　　メモ・西郷札（『新潮CD』解説）
8章の2　ノンフィクションの展開（『岩波講座日本文学史14』平9・2）
　　メモ・左の腕・いびき（『新潮CD』解説）
9章の1　清張ミステリーと女性読者（清張記念館版『松本清張研究3』平14・3）
　　メモ・雑誌創刊ブーム（『週刊朝日百科　世界の文学99』平13・6）
9章の2　「遭難」の内と外（清張記念館版『松本清張研究4』平15・3）
10章　水上勉論（『国文学　解釈と鑑賞』平8・2）
　　メモ・二階・張込み（『新潮CD』解説）
11章　水上勉の社会派ミステリー（『文学界』平16・11）

平成十九年四月四日

著者

《著者紹介》
藤井淑禎（ふじい・ひでただ）
1950年　豊橋市に生まれる
1974年　慶應義塾大学文学部卒業
1979年　立教大学大学院文学研究科博士課程満期退学
東海学園女子短期大学助教授を経て
現　在　立教大学文学部教授，立教大学江戸川乱歩記念大衆文化研究センター長
著　書　『清張ミステリーと昭和三十年代』（文春新書，1999年）
『小説の考古学へ』（名古屋大学出版会，2001年）
『御三家歌謡映画の黄金時代』（平凡社新書，2001年）
『景観のふるさと史』（教育出版，2003年）ほか

MINERVA 歴史・文化ライブラリー ⑩
清張 闘う作家
——「文学」を超えて——

2007年６月30日　初版第１刷発行　〈検印省略〉
2007年８月10日　初版第２刷発行

定価はカバーに
表示しています

著　者　藤　井　淑　禎
発行者　杉　田　啓　三
印刷者　中　村　嘉　男

発行所　株式会社　ミネルヴァ書房
607-8494 京都市山科区日ノ岡堤谷町１
電話（075)581-5191(代表)
振替口座 01020-0-8076番

中村印刷・オービービー

ISBN978-4-623-04930-1
Printed in Japan